LE COMTE

DE VILLAMAYOR,

OU

L'ESPAGNE

SOUS CHARLES-QUATRE.

Par M. Mortonval.

TOME II.

PARIS.

AMBROISE DUPONT ET RORET, QUAI DES AUGUSTINS, N° 37;

HENRI JEANNIN RUE VIVIENNE, N° 8;

ROUSSEAU, RUE DE RICHELIEU, N° 107.

1825.

LE COMTE

DE VILLAMAYOR.

IMPRIMERIE DE H. FOURNIER,

RUE DE SEINE, Nº 12.

LE COMTE
DE VILLAMAYOR,

OU

L'ESPAGNE

Sous Charles-Quatre.

Par M. Mortonval.

TOME II.

Guarde para su regalo
Esta sentencia un autor :
Si el sabio no aprueba , malo ;
Si el necio aplaude , peor.

PARIS.

A. DUPONT ET RORET, LIBRAIRES,

QUAI DES AUGUSTINS, No 37.

1825.

LE COMTE
DE VILLAMAYOR.

CHAPITRE I.

Il n'a cédé qu'à peine au nombre, à ses blessures ;
Nos soins multipliés, dans ces roches obscures,
Ont du sang qu'il perdait arrêté les torrens
Et rappelé la vie en ses membres sanglans.
On a besoin qu'il vive et que dans les supplices
Il vous instruise au moins du nom de ses complices.

VOLTAIRE. Triumvirat.

Perez, après le départ de Beatrix s'é-
tant enfermé dans la chambre du fond
pour lire les papiers qu'elle lui avait remis avec tant de mystère ; et d'abord,
profondément occupé de sinistres pensées, il les feuilletait machinalement; mais
bientôt son attention fut vivement ex-
citée par cette lecture. Ses idées prirent
alors un autre cours; il avait retrouvé
son assurance et toute son audace, quand

Fernando, tiré par le fracas des armes et par les cris des combattans de l'accablement qui enchaînait toutes ses facultés, frappa rudement à la porte en appelant Perez à haute voix. Celui - ci n'ouvrit qu'après avoir caché tous les papiers. — « Quel est ce bruit affreux ? lui dit Fernando avec violence, tu dois le savoir. Si j'en crois don Matias, tu m'as entraîné dans un piége infâme. L'amitié que tu m'as témoignée, les récits que tu m'as faits pour m'engager à recevoir tes secours ne seraient qu'autant d'impostures? Tu es en relation avec des bandits poursuivis par les troupes du roi. Tu m'as mis en contact avec ces scélérats. Ton dessein était de me perdre, de compromettre mon nom ; parle, parle, éclaircis ce mystère effroyable. Don Matias m'a-t-il trompé ? »

Pendant que Fernando parlait avec tant de chaleur, Perez à l'aide d'un briquet avait allumé son cigare qu'il déplaça un moment pour répondre : il y a du vrai dans ce que t'a dit don Matias.

— « Tu l'oses avouer ! s'écria Fernando en frémissant de rage. — Du calme, du calme, répondit Perez en s'asseyant. Je ne nie point que par des considérations du plus haut intérêt je me sois déterminé à participer à une entreprise audacieuse. Je ne puis m'expliquer encore sur ce sujet délicat. Qu'il te suffise de savoir qu'il s'agissait de payer la dette sacrée de l'honneur et de la reconnaissance, et je n'ai pas hésité à braver un grand péril pour rendre un service éminent à mon meilleur ami.

— Mais, répliqua Fernando, pourquoi me faire partager ces dangers déshonorans, à moi, qui ne devais rien à cet ami mystérieux ? — Ce fut la faute des circonstances et non pas la mienne. Mais que parles-tu de dangers ? où sont ceux qui te menacent ? tu es riche, et considéré, tu tiens à tout ce que l'Espagne a de plus illustre, ton père a de grandes protections. Il est évident qu'en t'associant, contre ma volonté, à mon sort, dans cette circonstance critique, le hasard, qui seul a tout fait, ne te présentait que des risques fort légers ; tandis que moi j'entrais en partage de toutes tes chances avantageuses. Mais le seul Matias au monde pouvait imaginer que j'eusse le dessein de te perdre, de te compromettre. Quelle absurdité ! La suite de tout ceci te fera connaître mes véritables intentions, et tu auras regret à tes soupçons extravagans. Au reste je les pardonne à la violence de la passion qui te ravit le jugement.

— Tu me pardonnes ! reprit Fernando désarmé par le sang froid du fumeur. C'est toi qui me pardonnes de m'avoir impliqué dans une rebellion criminelle !..... — Je ne te cherchais pas, interrompit Perez toujours aussi calme. Tu es venu te jeter dans mes bras en réclamant de mon amitié désintéressée un acte de dévoûment qui demandait du courage et de la résolution. Je me

suis livré sans réserve, t'appartient-il de
m'accuser maintenant ? — Mais ces vils
contrebandiers......

— Tout cela n'est rien, moins que
rien, te dis-je. Je n'ai qu'un mot à prononcer ; cette accusation de complicité
avec ces hommes et de laquelle ils font
tant de bruit, ne sera plus alors que ridicule et tournera même à la confusion
de Matias. Je suis en règle ; laissons cela
et parlons des intérêts de ton amour. —
De mon amour ! quand il y va de l'honneur, quand il s'agit de l'échaffaud.......
— De ton amour, te dis-je, laisse-là ces
grands mots, et reprends si tu peux
l'usage de ta raison pour me prêter la
plus sérieuse attention.

— Eh ! le puis - je s'écria douloureu-
sement Fernando ? n'entends-tu pas le
bruit de la mousqueterie qui se rappro-
che de plus en plus de nous, et peux-tu
sans frémir songer à l'issue funeste de
cet étrange événement ? — Encore une
fois laissons cela et parlons de nos af-

faires, elles n'ont jamais été en meilleure situation. Dans quelques heures nous serons libres, et je renonce à mon titre d'honnête homme si dans huit jours tu n'épouses pas Élena. — Est-ce bien le moment de te jouer ainsi de ma faiblesse et de la crédulité d'un amant?...

— Tu vois bien que tu m'interromps toujours; nous ne finirons rien. Le corrégidor doit revenir ici. Les contrebandiers ont été trahis, et le feu nourri sur tous les points que nous entendons d'ici m'annonce qu'ils sont complètement cernés. Ils seront donc pris ou tués. Dans le second cas, tout va le mieux du monde; s'ils étaient pris, au contraire, je dois redouter une chance, mais elle est unique puisque je ne suis connu que du chef. Il faudrait donc que cet homme survécut à cette action désespérée, et que ses dispositions envers moi fussent malveillantes, or je ne crains pas qu'il trahisse un secret tout-à-fait inutile pour lui. Je te répète que la démarche que j'ai

consenti à faire ce matin, et c'est la seule,
bien loin d'être honteuse comme tu le
supposes, honore au contraire mon caractère ; plus tard je t'en dirai davantage.
En attendant lorsque don Matias va venir
t'interroger tu... — S'il m'interroge, je dirai tout ; n'espère pas m'engager à lui
rien déguiser. — Au contraire, ce que
je te recommande, c'est de tout dire,
et ce que tu as fait et ce que tu as vu,
sans aucune réserve ; quant à la confidence que je viens de te faire tu la tairas.
— Je ne tairai point ta rencontre avec
ces brigands. — Dis que je leur ai parlé,
peu m'importe, cette circonstance s'explique facilement, j'ai acheté de leur
chef à prix d'argent le droit de continuer
ma route. En un mot, n'omets rien de
tout ce qui ne concerne que toi, et de
nos relations depuis le premier moment
de notre rencontre sur la route d'Otero.
— Malheureux que je suis ! faut-il que
je sois contraint de mêler le nom d'Elena
dans cette cruelle affaire ? — Sans doute

il faut en parler et dans le plus grand détail. — Malheureux enlèvement ! — Ah l'enlèvement ! c'est là notre triomphe, notre ancre de salut. Appuie beaucoup sur l'enlèvement. Les circonstances qui l'ont accompagné ne sont pas de nature à compromettre l'honneur de la jeune personne, et tu vas bientôt apprendre comment il sert tous nos intérêts. Je te le répète, Fernando, si tu suis cette marche avec fermeté, avant peu tu épouseras Elena du consentement de ton père, aux applaudissemens de toute ta famille.

— Je ne comprends pas, dit Fernando ébranlé, que je puisse encore me laisser éblouir par de si folles espérances !

—Je te parle très-sérieusement, reprit Perez qui n'était pas un instant sorti du calme le plus profond pendant tout cet entretien : je suis innocent, et les preuves manqueront toujours à Matias pour m'impliquer, même légèrement, dans la grande affaire qui se consomme en ce moment. Quant à toi, tu

dois y rester tout-à-fait étranger, oublie
la confidence que je viens de te faire au
sujet de Pépillo, et ne parle que de
l'enlèvement. Je me charge du reste. »

Perez était loin d'avoir communiqué
toute sa sécurité à Fernando ; cependant
il l'avait beaucoup calmé, et le pria de
trouver bon qu'il essayât de goûter un
peu de repos pour réparer les fatigues
de la nuit précédente et de la matinée. Il
put ainsi s'enfermer de nouveau et achever à loisir la lecture des papiers de Béatrix, tandis que le jeune homme resta
seul dans la grande chambre de l'alcade
qui précédait celle où venait de se retirer Perez. Là, Fernando, cédant au
double accablement de la lassitude et de
la chaleur, se jeta sur le lit au fond d'une
alcove profonde.

On n'entendait plus de bruit dans la
plaine d'Otero et le silence régnait dans
la maison. Après quelques minutes
abandonnées aux réflexions doulou-
reuses, les larmes soulagèrent enfin le

cœur oppressé de Fernando, et peu à
peu le sommeil apporta l'oubli passager
de ses peines. Il reposait depuis quelque
temps, quand il fut réveillé par des cris
confus de femmes qui lui semblaient se
disputer à côté de son lit. En jetant
les yeux vers l'endroit d'où venait ce ta-
page, il aperçut un rayon de lumière
assez vive qui pénétrait dans le fond de
cette alcove obscure comme à travers les
fentes d'un volet. Il y porta la main, et
la petite porte d'un guichet de quelques
pouces, cédant à cette légère impulsion,
lui découvrit une ouverture pratiquée
de manière à ce que les maîtres pussent
voir commodément de leur lit tout ce
qui se passait dans la cuisine. Aussi Fernando ne perdit-il pas un mot de la dis-
pute qui venait de s'élever entre Beatrix
et la femme de l'alcade. La querelle était
fort animée; mais toutes deux se piquaient
d'être des femmes trop bien élevées pour
oublier, dans la colère, ce que l'on se
doit d'égards entre gens d'un certain

rang ; et, sans descendre au tutoiement,
ni même au *vous* si grossier en Espagne,
ces dames échangeaient les injures les
plus âcres à la troisième personne (1).

— Votre grâce est une bavarde, Antonia.

— Beatrix, si votre grâce ose encore répéter une pareille impertinence je couvre
sa figure d'un soufflet comme jamais....

— Ah ! que votre grâce ne lève pas la
main sur moi, Antonia, ou je lui ar-
rache les yeux.... Votre grâce se croit
un personnage parce que son mari est
alcade ? un alcade de village ! la belle
dignité pour en être si fière ! Allez, votre

(1) L'expression courante de la conversation et de la
correspondance ordinaires parmi tous les Espagnols non
titrés, et même dans les entretiens familiers des gens de
qualité, c'est l'abréviation des mots *vuestra merced* votre
merci, votre grâce ; on les prononce *usted* et on écrit
ainsi : V M. Mais, parfois, pour donner plus de gravité
aux paroles ou par manière de plaisanterie, on rend à
cette expression toute sa pompe, et le *vuestra merced*,
votre grâce, se reproduit jusqu'à deux ou trois fois dans
la même phrase ; il n'est pas rare de rencontrer des gens
de la dernière classe du peuple se quereller aussi majestueusement.

grâce n'est qu'une paysanne grossière et insolente.

— Une paysanne, mauvaise servante ! que votre grâce aille vider.... — Votre grâce est une misérable. — Moi une paysanne ! ah je n'ai que ce que j'ai mérité pour m'être compromise avec une drôlesse comme votre grâce, avec ses vieilles guenilles de l'autre monde.

— Vous êtes deux sottes, dit l'alcade en entrant, et vous avez tort l'une et l'autre. Beatrix, vous n'aviez que faire de lui parler de cet enlèvement; et toi, Antonia, tu ne devais pas en aller jaser avec les voisines. Le mal est sans remède, à présent que le curé s'est emparé de l'affaire, et qu'il a fait signer une plainte à dona Isabel, qu'ils vont remettre au corrégidor.

— Ah je suis une mauvaise servante ! dit Beatrix, le visage enflammé et s'éventant avec violence.

— C'est mal à toi, femme, reprit l'alcade, c'est mal, Antonia, et voilà un

mot qui ne devait jamais sortir de ta
bouche. — Je suis une paysanne gros-
siére et insolente! s'écria la femme du
magistrat, pleine d'une juste fureur et
les lèvres tremblantes.

—Fi! Beatrix, dit le conciliateur; votre
langue vous a emportée trop loin, et la
faute de ce qui arrive n'est pas toute à ma
femme. La veuve Munoz a fait jaser la
petite Pepita pour avoir au net l'histoire
des ânesses. C'est elle qui a tout conté au
curé, et vous savez comme le saint
homme prend à cœur les affaires de
votre maison depuis que le jeune don
Fernando la fréquente. Le curé arrivait
justement de Ségovie, où sans doute il
avait reçu de nouvelles instructions de
monseigneur l'évêque à ce sujet. Nous
ne pouvions pas empêcher cela; mais je
ne vois pas ce qui peut tant vous chagri-
ner dans cette affaire....

— Je le sais bien moi, interrompit
Antonia. — Si votre grâce est une femme

d'honneur, dit vivement Beatrix, elle n'ajoutera pas un mot.

— Eh ! qu'importe, reprit l'alcade, ce n'est pas un grand mal que l'on sache que les petites ont été enlevées un quart d'heure, et c'est un grand bien que justice soit faite.

— Moi qui suis une bavarde, dit Antonia, je n'avais pas soufflé un mot de son beau secret, mais tout le monde va le savoir à présent. L'un des deux ravisseurs est le fils de sa maîtresse, un mauvais sujet, un bandit..... — Comment, son fils ! s'écria l'alcade surpris ; que dis-tu là, femme ? Mais venez, sortons d'ici, continua-t-il, en leur montrant Pedro qui fumait tranquillement assis devant la cheminée ; venez, femmes, cet endroit-ci n'est pas convenable pour de semblables explications. »

Il les entraîna toutes deux dehors, et au bout de quelques minutes, Antonia, rentrée seule et toujours fort agitée, fit

les apprêts du dîner en plaçant dans
l'angle de la vaste cheminée à côté du
petit guichet, une table étroite, où elle
mit sur une serviette sale un seul couvert
pour son seigneur et maître. Elle plaça
devant, sur une assiette, un petit pain,
et sur une autre, deux grands verres tout
pleins, l'un d'une eau l'impide, l'autre
d'un vin noir et épais qu'elle exprima
d'une peau de bouc. Puis après avoir tiré
du feu le *puchero* qui, pour l'ordinaire,
renferme toute la cuisine d'un ménage
bourgeois en Espagne, elle prépara d'a-
bord une soupe avec du pain très-blanc
et de pure fleur de froment comme
dans toute la Castille ; ensuite, renver-
sant dans une terrine tout le contenu
du puchero, elle en forma trois plats,
l'un de viande de mouton, l'autre de gros
pois chiches nommés *garbanzos*, et le
troisième de lard et de l'inévitable chorizo
domestique, coriace, ardent d'ail et de
piment, délices des tables castillannes,
supplice d'un palais européen.

Les enfans s'accroupirent autour de la
cheminée sur de petites escabelles, et leur
assiette sur les genoux, ils attendaient
qu'on leur donnât leurs portions ; la
femme assise comme eux s'apprêtait à les
leur distribuer, et n'attendait que le
maître qui vint enfin. Après avoir dit
le *benedicite*, il s'assit seul à table, et en
appuyant son large dos contre le guichet,
il déroba le reste de cette scène à Fernando.

Le jeune homme n'attacha d'abord
nulle importance au bavardage de ces
deux femmes, quand elles rappelèrent la
feinte dont Perez avait usé le matin en
se disant frère d'Elena, dans le dessein
d'écarter les soldats, et de donner le
change à leur officier. Mais la plainte
de dona Isabel lui parut mériter une plus
sérieuse attention. Il ne doutait pas que
le curé n'en fît un usage dangereux ;
Fernando connaissait le dévoûment ser-
vile de cet homme à l'évêque, et la pieuse
animosité du chapelain.

Il réfléchissait tristement aux conséquences de cet incident, quand la porte
s'ouvrit avec fracas, et qu'il y vit entrer
plusieurs soldats dont une partie traînait
en le tirant par le collet, un homme d'une
stature colossale, tandis que les autres le
forçaient d'avancer en le menaçant par
derrière de leurs armes. C'était Pépillo ;
ses bras étaient étroitement liés derrière le
dos, par une forte corde qu'un soldat tenait
par le bout. Le groupe bruyant marchait
suivi d'un serrurier qui portait un gros
sac rempli de fers de toute espèce, et dont
les mains étaient chargées de chaînes, de
marteaux et de clous. Tous s'avançaient
vers l'alcove et se mirent en devoir de lier
le prisonnier au pied du lit.

Fernando se hâta de se lever pour passer dans la chambre du fond où s'était
renfermé Perez. Il frappa rudement à la
porte en l'appelant à haute voix. Il eut à
peine prononcé son nom que Pépillo
leva la tête, en lui lançant un regard affreux ; et quand Perez se laissa voir en

1.

entr'ouvrant la porte, le prisonnier grin-
çant des dents, poussa un cri, ou plutôt
un hurlement prolongé, qui glaça ceux
qui l'entouraient et les fit reculer d'é-
pouvante.

Ce cri, la terreur de son nom, ce visage hideux qu'ombrageaient des cheveux en désordre, l'expression de sa rage,
et le sang dont ses habits étaient couverts,
tout excitait en Fernando une curiosité
mêlée d'horreur ; immobile d'effroi, et
comme fasciné par les yeux menaçans
de Pépillo, il ne pouvait en détourner les
siens, il semblait qu'il s'efforçât de repousser par ses regards, les torrens de
poisons que lui dardaient ceux du scélérat. Perez, saisissant le jeune homme
par le bras, rompit cette espèce de
charme, et l'entraîna dans le cabinet,
dont il repoussa la porte avec violence.

— Horrible, horrible! dit Fernando
d'une voix étouffée.

— Voilà tout ce que je redoutais, répondit Perez fort troublé. Nous avons

été trahis, je n'en saurais douter. Je
vois que Pépillo m'impute la trahison,
malheur à nous si je ne parviens pas à le
détromper avant son interrogatoire;
notre sort tient à sa déposition. Je ne
crains rien des autres, pas un ne me
connaît même de nom.

En même temps, il faisait signe à Fernando de garder le silence, et, l'oreille
appuyée sur une fente de la porte, il
écoutait avec anxiété ce qui se disait
dans la chambre voisine. Il n'entendit
que le bruit des fers que le serrurier ajus-
tait aux jambes du prisonnier; après les
avoir rivés à grands coups de marteau,
il y assujétit une chaîne, dont il attacha
l'extrémité au pied du lit avec un énorme
cadenas. Puis, tout le monde s'étant retiré, la porte extérieure de la chambre
fut commise à la garde d'un factionnaire,
et l'on en plaça ensuite un grand nombre
autour de la maison.

Perez, n'entendant plus aucun bruit,
ouvrit la porte du cabinet, et se montrant

tout à coup à Pépillo, il se mit rapidement un doigt sur la bouche pour lui recommander le silence, et lui dit en s'approchant : pas une parole, ou nous sommes perdus.

— Infâme! répondit Pépillo assis sur le pied du lit.

— Parle bas, au nom du ciel! répliqua Perez ; peux-tu me soupçonner d'être l'auteur du coup qui nous accable.

— Eh! quel autre que toi puis-je en accuser, scélérat?

— Que dis-tu Pépillo? reprends tes sens, et cherchons ensemble les moyens de nous sauver tous deux.

— Me sauver! reprit le brigand ; non je connais mon sort ; je suis perdu ; je dois mourir, mais tu périras avec moi. Oui, continua-t-il sans élever la voix, mais avec un frémissement de rage, oui, le même échafaud nous verra tous les deux expirer dans les mêmes tourmens, et je jouirai du moins de tes angoisses.

Au même instant, ils entendirent mettre

la clef dans la serrure et Perez , dans la
crainte d'être vu, s'enfonça dans l'alcove,
et se tint caché derrière le rideau , tandis
que Fernando referma la porte du cabinet. Le personnage qui venait de les interrompre était le barbier du village qui
se mêlait un peu de chirurgie. Il entra,
suivi de deux hommes, pour panser une
large blessure que Pépillo avait reçue
dans le côté droit , et qui paraissait dangereuse. Il était d'un grand intérêt de lui
conserver la vie , et l'on attendait de lui
d'importantes révélations. Le barbier
commanda qu'on l'étendit sur le lit afin
de sonder plus sûrement la plaie ; tandis
qu'on se mettait en devoir d'exécuter cet
ordre , Perez transi de frayeur se glissa
sous le lit.

Pépillo, déjà fort affaibli par la perte du
sang que répandait sa blessure, n'opposa
que peu de résistance ; on le plaça au
gré du barbier qui opéra tant bien que
mal, et laissa le blessé couché sur le flanc,
de manière à ce que la tête placée dans

la position qu'occupait un moment avant celle de Fernando, ses yeux se trouvaient exactement devant le petit guichet dont on a parlé plus haut. Perez, sortant alors de la ruelle où il s'était blotti s'approcha de l'oreille de Pépillo pour lui parler tout bas. Ils étaient tous deux dans cette situation, quand le bruit confus des voix cessant tout à coup dans la cuisine, l'alcade en se levant la découvrit à leurs regards.

Le petit Paquito venait d'y entrer en annonçant l'approche du corrégidor, et la foule, qui assistait au dîner de l'alcade, s'écoula tumultueusement ; lui - même sortit pour aller au devant de don Matias. Il ne resta qu'un homme qui tournait le dos aux muets témoins de cette scène, il fumait en regardant du côté de la porte.

Après quelques momens, don Matias entra suivi de l'alcade qui le saluait avec les témoignages du plus profond respect, et le suppliait d'excuser son impertinence de le recevoir ainsi dans sa cuisine. Le personnage inconnu s'était levé, et, la tête découverte, attendait qu'on lui adressât la parole.

— C'est à vous de m'excuser, seigneur alcade, lui dit le corrégidor, d'avoir ainsi disposé de votre maison, mais vous n'avez pas ici de prison , et il s'agit du service du roi. Je connaissais trop votre zèle pour douter de votre empressement à me seconder de tous vos moyens. Nous allons tout à l'heure nous entretenir au sujet de ce qui reste à faire ; en attendant, je vous prie de me laisser seul un moment avec cet homme, et de veiller à ce que je ne sois pas interrompu.

L'alcade se retira en protestant de son obéissance aux ordres de la seigneurie illustrissime du corrégidor , tandis que don Matias, venait s'asseoir à côté du guichet , mais sans intercepter la vue de Perez et de Pépillo, et que l'inconnu se plaçait en face du corrégidor et devant eux. Ils reconnurent alors Pedro, l'Andaloux, le conducteur du cabriolet.

— Homme, lui dit don Matias, votre repentir et le service signalé que vous avez rendu, vous ont mérité la grâce de votre souverain, et je suis chargé de vous l'annoncer. Mais on met à ce pardon une condition, c'est que vous fournirez les preuves des crimes que vous avez dénoncés à la justice.

— Seigneur corrégidor, répondit Pedro, je n'ai dit de Pépillo que des choses avérées.

— Il n'est pas question de ce scélérat, il est condamné à mort, par un arrêt de l'audience de Sarragosse, il ne s'agit plus que de reconnaître l'identité pour l'envoyer au gibet. C'est la connaissance que vous nous avez donnée si à propos de sa contremarche, et l'exactitude de tous vos renseignemens qui nous ont livré Pépillo et ses complices; cette révélation vous sauve la vie; si vous voulez maintenant obtenir la liberté, il faut que vous nous fournissiez les preuves des délits de Perez, que vous avez révélés.

— Je puis les donner, et je désignerai tous les témoins qui sont prêts à déposer contre lui; mais, seigneur corrégidor, pour qu'ils osent parler, il faut que votre seigneurie le fasse, avant tout, enfermer; car tant qu'il sera libre, le drôle est si redoutable que la crainte de son ressentiment retiendra toutes les langues. Quant à moi, je suis trop assuré qu'il me tuerait.

— Soyez tranquille, Pedro, il couchera ce soir à la tour de Ségovie; mais pour autoriser cet emprisonnement, il est nécessaire que vous signiez votre accusation après le serment d'usage.

— Je suis tout prêt, seigneur corrégidor.

— Vous avez fait verbalement dans les bureaux, m'a-t-on dit, une déclaration d'après laquelle vous, et un témoin que vous pouvez produire, vous auriez reçu de l'argent pour compromettre Fernando de Mansilla.

— C'est la vérité, seigneur.

— Vous affirmerez cela par serment et vous le signerez.

— Je le jurerai sur mon salut éternel.

— Ainsi, don Fernando n'a pas eu la moindre connaissance des projets de Perez ?

— Pas la moindre, seigneur corrégidor, et je puis le prouver. Perez ne m'avait rien dit à moi-même, jusqu'à notre arrivée au parador, et je n'ai commencé à me douter de ses desseins criminels, que le soir que nous vînmes coucher à Galapagar. Je m'aperçus de son trouble à la vue des troupes. Je l'épiai, je suivis ses pas la nuit quand il s'échappa du village pour conférer avec Pépillo, et à la faveur de l'obscurité je pus me cacher fort près d'eux derrière une roche. J'ai entendu de cette manière tout ce que j'ai rapporté à Saint-Ildefonse le lendemain de mon arrivée à Ségovie, avant de retourner à Otero, d'après l'ordre de Perez.

—Il suffit, Pedro ; je vais faire dresser

un acte de toutes vos déclarations, et
avant de le signer, vous donnerez exactement les noms et la demeure de tous les
témoins qui devront être mandés pour
éclairer la justice au sujet de Perez. J'espère alors pouvoir obtenir pour vous
une grâce pleine et entière; efforcez-
vous de devenir un homme de bien, si
vous pouvez. » Pedro fléchit un genou, et
touchant le bas de l'habit du corrégidor
de la main droite, il la porta ensuite à
sa bouche, et la baisa respectueusement.

Don Matias permit alors que l'on ren-
trât dans la cuisine, et, à la faveur du bruit
qui s'y fit entendre, Perez, s'adressant à
Pépillo d'un air consterné : Eh bien ! lui
dit-il, peux-tu m'accuser encore? maintenant tu connais le traître ! — Oui, lui répondit le brigand d'une voix sombre,
prends un stilet caché dans les plis de
ma botte droite, et coupe la corde qui
m'attache les bras.

Perez se hâta de le débarrasser de ses
liens, et lui remettant son arme, il rentra

précipitamment dans la chambre du fond,
où Fernando l'attendait en frémissant.
Cependant Pépillo avait repris la position qu'il occupait avant l'entrée du chi-
rurgien. Assis sur le pied du lit et les bras
derrière le dos comme s'ils étaient encore
liés, il restait attaché par les chaînes qui
lui entravaient les jambes. C'est dans
cette situation que don Matias le trouva
en entrant avec l'alcade, et suivi d'un
greffier, d'un officier de la garde et de
quelques soldats.

Seigneur corrégidor, lui dit Pépillo
d'une voix assurée, je sais ce qui vous
amène. Vous attendez de moi des révélations. Je suis résolu à vous en faire
de très-importantes pour tranquilliser
ma conscience, puisque je dois me disposer à rendre compte à Dieu de ma
vie; mais je vous déclare que je ne
dirai rien si je ne suis pas assuré que ma
famille et mes amis ne seront point in-
quiétés à cause de moi. — Je ne venais, lui répondit le corrégidor, que pour

recevoir la déclaration de vos noms et
qualités ; mais si vous êtes déterminé à
faire volontairement des révélations afin
de mettre en paix votre conscience, je
suis prêt à les entendre ; quant à vos amis,
vous savez que chacun ne répond que
de ses œuvres ; et si, d'ailleurs, ils ne sont
pas coupables, ils n'ont rien à craindre
de la justice du roi.

— Je parle de ceux qui sont tout-à-fait
innocens des crimes dont on m'accuse,
et auxquels j'aurais à faire devant vous
des communications étrangères à l'objet
de mon procès.

— Ces amis sont donc ici ? — Je ne ré-
pondrai pas à cette question sans avoir
votre parole que je ne puis les compromettre en rien, si je demande à leur
parler publiquement d'affaires qui concernent ma famille. Je veux, avant
tout, être rassuré sur ce point. — Vous
pouvez les demander sans crainte, reprit le corrégidor. S'ils ne sont point
impliqués dans votre procès de Sarra-

gosse, ni dans les affaires qui vont devenir l'objet d'une nouvelle enquête, je
vous jure que vos relations avec eux en
ma présence, ne peuvent être le sujet
d'aucune prévention qui leur soit défa-
vorable, ni les compromettre. Je sup-
pose toutefois que cet entretien public
ne révélera aucune complicité avec vous
ni les vôtres.

— C'est comme je l'entends, dit Pépillo du ton le plus calme, et je vous
parle d'un homme simple et honnête que
j'ai connu long-temps avant d'embrasser
le métier de contrebandier et que je n'ai
jamais revu depuis. Je viens de l'apercevoir en entrant ici, il était assis fumant
dans la cuisine. J'espère avoir de lui des
renseignemens sur ma famille, en conséquence desquels je puis donner plus
ou moins d'importance et d'étendue à
mes dépositions.

— Un homme fumant dans la cuisine,
dit don Matias étonné! ce n'est donc
pas..... Il s'arrêta, et Pépillo le regar-

da quelque temps dans l'espoir qu'il continuerait sa phrase ; mais don Matias, prêt à nommer Perez, avait senti son imprudence ; il fit signe au prisonnier d'achever.

— Encore une fois, reprit Pépillo, quand je serai bien sûr de ne faire aucun tort à cet honnête garçon, je vous dirai sur ceux que vous pensez des choses qui vous satisferont ; mais ordonnez d'abord que l'on amène ici un nommé Pedro Voloria, voiturier andaloux, que je crois avoir reconnu tout à l'heure.

Don Matias resta pensif quelques momens, puis il donna l'ordre que l'on s'informât si quelqu'un de ce nom se trouvait là dans la maison de l'alcade. Pedro, bientôt introduit, s'avança d'un air qui témoignait combien il était troublé. — Est-ce là l'homme que vous avez désigné ? demanda le corrégidor.

— Lui-même, répondit Pépillo. Pedro, continua-t-il, j'avoue ici publiquement qu'à votre insu je vous ai fait tort

d'une somme considérable pour vous. Je
puis mettre à ce sujet ma conscience en
repos, en vous indiquant un lieu où vous
trouverez déposée une cassette qui con-
tient une valeur considérable. Vous ferez
ensuite votre déclaration à la justice,
et la part qui vous reviendra légale-
ment pour la révélation sera encore
double de celle dont je suis votre dé-
biteur. Je mets donc à l'aveu que je
prétends vous faire une condition indispensable, c'est que vous tiendrez compte
du surplus à mes parens, et que vous ferez
dire cent messes pour le repos de mon
âme; acceptez-vous ce traité par serment
devant le seigneur corrégidor ?

Pedro, tout-à-fait remis de sa frayeur,
et certain qu'il y avait en effet dans la
montagne une grande quantité d'effets
précieux cachés depuis peu de jours, dut
croire à la sincérité des paroles de Pépillo. Il lui fit donc sans difficulté le serment exigé, et demanda les ordres du
corrégidor pour recevoir la déclaration

promise. Elle lui fut accordée sans difficulté. Pépillo pria don Matias de faire
éloigner un peu tout le monde afin que
Pedro seul entendît ce qu'il avait à lui
confier. Ce mouvement exécuté, Pedro,
n'ayant aucune raison de se méfier d'un
homme chargé de chaînes, désarmé, et
dont les bras d'ailleurs paraissaient fortement liés derrière le dos, Pedro, sans
défiance, s'approcha du prisonnier. Pépillo lui fit signe de la tête d'avancer davantage ; Pedro baissa la sienne et prêta
l'oreille pour recueillir toutes ses paroles. Il était alors tout près de lui ; plus
prompt que l'éclair, Pépillo, dégageant
à la fois ses deux bras, le saisit de la main
gauche et de l'autre lui plongea son stilet
dans le sein. Leurs cris se confondaient,
les efforts du malheureux pour échapper
au fer meurtrier exaltaient la fureur de
l'assassin, il frappait à coups redoublés.
Les soldats se précipitèrent pour lui ar-
racher sa victime, ils lui saisirent le bras
armé, mais de l'autre il serrait Pedro

avec d'autant plus de violence, et dans sa rage il lui déchirait le visage avec ses dents et s'acharnait sur sa proie comme un tigre. On parvint à la fin à maîtriser ce transport frénétique, mais il était trop tard pour Pedro, il tomba mort aux pieds des soldats.

Alors Pépillo cessa d'opposer la moindre résistance, il se laissa lier de nouveau les bras sans se défendre. Mais les yeux toujours fixés sur son ennemi mort, il ne cessa de l'insulter qu'après qu'on eut emporté son cadavre : va, va, misérable, lui disait-il avec fureur. Va recevoir en enfer le prix de ton exécrable trahison. Va, Dieu merci, tu es mort sans confession et en péché mortel.

Le corrégidor, saisi d'horreur, restait immobile devant lui : à présent, lui dit le scélérat, je ne parlerai plus sur la terre qu'au confesseur qui doit me réconcilier avec Dieu, je suis prêt à marcher à la mort.

CHAPITRE II.

> . . . . J'ai vu naître et pâlir le soleil
> Sans que ses premiers feux, ni sa clarté mourante,
> De mes sens éperdus aient calmé l'épouvante.
> Je marchais, je courais, je criais : Ô mon fils !
> Mon fils ! . . . L'écho lui seul répondait à mes cris. ,
> Je rentrai vers le soir, me disant sur ma route,
> Près du toit paternel, mon fils m'attend sans doute ;
> Personne sur le seuil , nul vestige , aucun bruit ;
> Je m'y retrouvai seul et seul avec la nuit !
>
> DELAVIGNE. Paria.

Avant de se rendre auprès de Pépillo , le corrégidor venait d'interroger les autres contrebandiers, faits prisonniers avec leur chef. Il s'était efforcé d'obtenir d'eux des renseignemens relatifs aux intelligences qu'ils entretenaient avec les habitans de la ville et de la province de Ségovie. Mais en dépit des promesses et des menaces , aucun aveu n'était sorti de leur bouche, et Pépillo, qui n'avait parlé que dans la vue d'inspirer quelque confiance au corrégidor et à Pedro pour mieux assurer sa vengeance , ne répon-

dit plus un seul mot dès qu'elle fut con-
sommée.

Don Matias ordonna qu'on les con-
duisît tous dans les prisons de la ville, et
se rendit ensuite à l'invitation du curé,
qui le pressait de venir entendre chez lui
une déposition d'un grand intérêt, après
avoir partagé son modeste repas.

De son côté, tranquille sur les dispositions de Pépillo et délivré par la mort
de Pedro du seul accusateur qu'il eût à
redouter, Perez fit apporter de la voiture d'abondantes provisions dont il
s'était pourvu, et se fortifia contre les
coups du sort avec quelques tranches
de jambon qu'il arrosa d'un excellent vin
de la Manche. Il parvint même à faire
prendre un peu de nourriture à Fernando,
auquel il eut enfin l'art d'inspirer une
partie de sa sécurité.

Ce ne fut pourtant pas sans un sentiment de honte et même d'effroi que le jeune homme reçut l'ordre de paraître seul
devant le corrégidor, qui l'attendait au

presbytère. Leur entrevue fut très - dou-
loureuse. Don Matias n'épargna pas les reproches à son ami, en lui montrant la
plainte régulière de dona Isabel au sujet de
l'enlèvement de sa fille. Son devoir de magistrat lui interdisait jusqu'à la pensée de
refuser justice à une mère outragée ; et
en supposant qu'à force d'or on pût
engager cette femme à se désister de
sa plainte, qu'aurait-on gagné ? En effet,
le curé se garderait bien de négliger
ce moyen de se faire valoir auprès
de l'évêque. Le chapelain, chargé spécia-
lement par la junte du palais épiscopal
de veiller aux démarches de Fernando,
serait donc bientôt informé de cette aventure scandaleuse. Or, l'intrigant attendait
de grandes récompenses de ses soins auxquels le comte et la comtesse attachaient
beaucoup de prix ; on lui avait promis
une bonne prébende en échange du poste
obscur où il languissait, et l'intérêt per-
sonnel excitait vivement son zèle. Il paraissait donc certain que la famille de

Mansilla, et celle de Canizarès appuyées du crédit de l'évêque parviendraient sans peine à donner à l'affaire un tour odieux et déshonorant pour dona Isabel et pour sa fille; le résultat probable de cette affaire devait être pour elles la réclusion dans un couvent.

Pour moi, continua don Matias, je n'aurai pas du moins la honte de prêter les mains à une iniquité si criante. Dans la douleur que j'éprouvais ce matin de te voir compromis à ce point, et de tant de manières, j'ai demandé comme une grâce au ministre l'accomplissement d'une disposition dont je suspendais l'effet depuis plusieurs mois. Je viens de solliciter avec instance mon ordre de départ pour Valladolid.

— Comment, don Matias, dit Fernando, peux-tu m'abandonner dans une circonstance aussi critique? — Eh! qu'attends-tu de moi? en restant ici, je serais ton juge. Penses-tu que le nom de mon ami soit un titre favorable à mes yeux,

et que j'abjure pour lui les principes
d'honneur et de justice, qui seuls doivent être ma loi? — Mais je suis innocent de cette rébellion..... — Je le sais,
et je viens même de m'assurer que les
faits qui te concernent, et dont tu m'as
fait confidence, ne sont pas encore connus du ministère. Pedro tenait ce secret
en réserve pour en faire un objet de trafic
avec la famille; il est mort. Mais d'autres
n'en sont-ils pas également instruits? et
Perez manquera-t-il de t'accuser pour
se faire un rempart du nom de Mansilla? non, je ne serai point ton juge;
et quant à l'enlèvement dont tu es réellement coupable, qu'un autre se charge
de détourner de toi cette juste accusation aux dépens de deux femmes faibles
et sans défense, dont le malheur et la
honte seront ton ouvrage. — Non, non,
don Matias, je ne le souffrirai pas. Que
je sois condamné, que le déshonneur
s'attache s'il le faut à mon nom, mais
que je n'aie point à me reprocher l'in-

fortune d'Elena , que je ne précipite pas
au tombeau sa vénérable mère ! — Cè
choix n'est plus à ta disposition, malheureux jeune homme , et tout va se décider
sans toi ; si je restais ici , je serais moi-
même sans influence : ton père.....

—Ah! c'est mon père seul que j'accuse
de mon malheur ; sa barbarie.... — Que
dis-tu , Fernando ? —Non, je ne saurais
plus long-temps me contraindre, répon-
dit-il avec impétuosité ; mon cœur est
trop plein d'amertume , il faut que ma
douleur s'exhale. Oui , mon père doit
seul répondre de tous ces désordres. Si
l'opprobre d'un jugement criminel flé-
trit ma jeunesse et rejaillit sur lui , qu'il
n'en accuse que sa dureté, que son caractère inflexible et son égoïsme qui ont
fait tout le mal ; il ne m'a jamais aimé.

— Fernando, calme - toi. — Eh !
qu'importent les richesses , le rang, les
convenances ? continua le jeune homme
avec le même emportement ; toutes ces
chimères font-elles rien au bonheur ? en

peut-il exister pour moi sans Elena ?
Mon père a vu mes larmes, mon désespoir, il a repoussé mes supplications !
Que veut-il donc de plus dans la femme
qu'il me destine ? où trouverais-je autant
de beauté, de sagesse, autant d'amour
surtout ? Mais, mon père ne songe qu'à
lui seul, il veut se satisfaire aux dépens
du bonheur de toute ma vie.... Eh bien !
je le fuirai, j'abandonne la maison paternelle, je ne le reverrai jamais, c'est
en vain qu'à son lit de mort il rede-
mandera son fils ; qu'un autre lui ferme
les yeux.....

— Fernando, Fernando ! s'écria don
Matias, arrête, insensé, ces paroles sont
bien plus coupables que ton action; et je
ne les pardonne pas même au trouble
affreux de tes sens. Oublies-tu ce que ce
nom de père a d'imposant et de sacré ;
ton père, n'est-il plus à tes yeux l'image
de la divinité sur la terre ? Malheureux
enfant, garde-toi d'aggraver tes fautes
par un crime que le ciel ne remet plus.

2.

Crois-moi, Fernando, crois-en ma dou-
loureuse expérience, il n'est plus de bonheur sur la terre pour un fils rebelle......
Ah ! puissent mes conseils pénétrer dans
ton cœur et t'épargner les regrets qui
déchirent le mien !

Ces mots frappèrent singulièrement
Fernando, et la surprise suspendit un
instant le sentiment de ses peines : ton
expérience ! dit-il à don Matias ; tes remords ! toi la vertu, l'honneur même !

— Je rougirais d'usurper ton estime
au moment où je te condamne avec tant
de rigueur, lui répondit le corrégidor ;
ma jeunesse fut coupable aussi ; et plus
encore que la tienne. Je porte bien dou-
loureusement le poids de mes fautes. De
fatales circonstances les ont rendues ir-
réparables ; mes remords me sont inutiles
puisqu'ils ne peuvent plus m'obtenir un
pardon qui seul eût rendu la paix à mon
âme ; il faudra que je les emporte au
tombeau.

— Tes remords ! tu ne m'avais jamais

parlé de cette circonstance de ta vie ! —
Non, sans doute, et je te l'aurais toujours cachée, si la révélation ne m'en avait
paru nécessaire aujourd'hui pour frapper
puissamment ton esprit qui s'égare. —
Toi, don Matias, tu fus un fils rebelle?

— Oui, des torts de la nature de ceux
que je te reproche, des sentimens pareils
à ceux que tu viens d'exprimer, m'ont
entraîné dans des écarts dont les suites
ont eu sur ma destinée la plus fatale influence, et dont le souvenir empoisonne
ma vie. Je pourrai quelque jour t'entretenir plus longuement de mes fautes, mais
qu'il te suffise à présent d'apprendre que,
depuis que je les ai commises, je fus en
proie à des déchiremens continuels. En
vain, pendant de longues années après
ces événemens, une vie sans reproche
m'a mérité l'estime publique ; en vain
quelques talens et surtout la faveur
d'un protecteur puissant m'ont élevé
aux emplois les plus honorables ; ton
amitié, celle de tes bons parens, l'amour

même de ta sœur, rien n'a pu me réconcilier avec moi-même, rien ne peut cicatriser la blessure secrète de mon cœur.

— Tu ajoutes à mes peines loin de me consoler, lui dit tristement Fernando, je croyais n'avoir à gémir que sur mes propres maux.

—Supporte-les donc courageusement, répartit Matias, tu vois qu'il en est de plus cruels encore pour le fils coupable de rébellion et d'outrages envers les auteurs de ses jours. Rentre en toi-même, et sois du moins toujours innocent d'un crime dont les remords ne cèdent pas au repentir, et que le temps, au lieu de les adoucir, aigrit chaque jour davantage.

L'alcade interrompit cet entretien, il venait rendre compte de l'interrogatoire qu'un greffier avait fait subir à Perez en sa présence. L'accusé persistait dans sa déclaration du matin. Il soutenait qu'il était frère d'Elena de Aguilar, et qu'en conséquence la plainte extorquée à sa mère infirme et affaiblie par la

maladie était nulle et sans fondement;
attendu qu'on y traitait d'enlèvement un
simple voyage concerté avec sa famille,
et dont il ne devait compte à personne.
Sur l'article de la communication avec
les contrebandiers, l'accusé prétendait
qu'ayant été arrêté par ces bandits, il
ne leur avait parlé que pour obtenir
d'eux, par un sacrifice d'argent, qu'ils
n'arrêtassent pas sa marche, en enlevant,
comme ils en montraient le dessein, les
mules de l'équipage de don Juan de
Silva. Enfin, pour preuve de la vérité
de ses assertions, il demandait à être conduit chez sa mère, en présence du corrégidor, afin que ce magistrat se convain-
quît par lui-même que doña Isabel ne
ferait aucune difficulté de le reconnaître
pour son fils.

Don Matias jeta les yeux sur Fernando,
dont la surprise lui parut égale à la sienne.
Le jeune homme lui affirma de l'air le
plus naturel qu'il entendait pour la première fois parler sérieusement de cette

relation de parenté ; mais qu'il se rappelait en effet une conversation entre la femme de l'alcade et Béatrix, et dans laquelle la première prétendait avoir reçu de l'autre cette singulière confidence sous le sceau du secret.

— Ce que je sais, reprit l'alcade, c'est que ce même homme est venu chez moi lundi dernier, sous prétexte d'acheter de l'orge, et qu'il a questionné ma femme sur la santé de dona Isabel, avec l'inquiétude d'un fils ; qu'il paraissait fort bien instruit de tous ses chagrins et qu'il a chargé Antonia de la tranquilliser en lui annonçant la prochaine arrivée de *quelqu'un* qui la rendrait tout-à-fait heureuse.

— C'est la vérité même, dit en s'avançant Antonia qui était restée à la porte de la chambre pour écouter ; je puis assurer votre seigneurie que ce sont ses propres termes, tels que je les répéterai au jour du jugement dernier, si je suis interrogée sur cela. Et ce matin encore, comme nous venions d'expédier la réponse à Son Excellence le prince de Castel-Franco, et que je me remettais à mon ménage, car votre seigneurie sait bien...

— Oui, oui, dit le corrégidor ; ce matin, donc..... ?

— Ce matin, seigneur, ce matin même Béatrix est venue pour tout me conter : segnora dona Antonia, me dit-elle, avec tout le respect que je vous dois comme à la femme du seigneur alcade.....

— Tais-toi, femme, interrompit son mari ; tu dis des bêtises, et si sa seigneurie veut m'en croire, on fera venir ici dona Isabel.

— Y a-t-il de la raison, homme ! répliqua Antonia ; veux-tu faire déplacer une pauvre femme malade comme elle est, et qui n'a pas la force de se soulever de son fauteuil.

— Il est trop vrai, dit le curé qui survint, et je déclare au seigneur corrégidor que dona Isabel est hors d'état de se rendre à ses ordres. Mais comme elle demeure à deux pas d'ici, s'il veut me

permettre de l'accompaguer jusqu'à sa
maison, il saura dans un moment ce
qu'il faut croire de la fable qu'on débite
dans le village, au sujet de cette prétendue parenté.

Le corrégidor, ayant accepté ce parti,
prit avec le curé le chemin de l'humble
habitation de dona Isabel ; il se fit suivre
par l'alcade et le greffier, après avoir
laissé Fernando au presbytère sous la
garde des soldats qui l'y avaient amené.
Béatrix, qui vint ouvrir, parut fort surprise de cette visite, et quand le curé lui
en eut expliqué l'objet, elle montra beaucoup de trouble et demanda qu'il lui fût
permis, avant d'introduire personne,
d'aller voir si sa maîtresse était en état de
supporter une conversation de cette nature. Béatrix retourna donc auprès de
dona Isabel ; et, après quelques instans,
elle vint prier le corrégidor d'entrer seul,
attendu que la faiblesse de la malade lui
faisait craindre le bruit de plusieurs personnes à la fois dans sa chambre.

—Seigneur, ajouta-t-elle en affectant
des manières aisées et en agitant un
éventail dont elle s'était munie à la hâte ,
je n'ai pas cru devoir prévenir la segnora
du sujet qui vous amène, je vous prie de
prendre le temps de préparer la chose
de loin, tandis que je vais tenir ici compagnie à ces seigneurs.

En même temps , elle indiqua de son
éventail au curé et à l'alcade des fauteuils
de bois semblables à celui dans lequel
elle s'établit majestueusement, et montra d'un mouvement de menton un banc
fort éloigné au greffier. Antonia, qu'atti-
rait la curiosité , vit sa rivale dans cette
gloire, mais elle n'eut pas le temps d'entrer, et Béatrix lui fit fermer la porte au
nez par Pepita.

Au moment où don Matias entra dans
la chambre d'Isabel, la bonne dame es-
saya de se lever pour lui faire honneur.
Elena la soutenait. Il fut étonné de l'é-
clatante beauté de la fille et de la figure
noble et intéressante de la mère. La

vieillesse et l'infortune avaient gravé sur
ses traits le caractère le plus vénérable.
Des cheveux blancs comme la neige
étaient disposés sur son front avec une
élégante simplicité. Ses habits, d'une
étoffe ordinaire, mais faits avec goût ,
le regard, le maintien , la façon de saluer,
tout annonçait une femme fort au-dessus
de sa situation apparente. Cet aspect
inattendu n'imposa pas moins au corrégidor qu'à Fernando, le jour où il en
avait été frappé pour la première fois.
Don Matias se hâta de s'avancer vers elle
en voyant qu'Elena éprouvait quelque
peine à la maintenir debout. — Segnora,
lui dit - il , en la soutenant de son côté
pour la replacer doucement dans son fauteuil , souffrez que j'aide votre fille dans
les soins pieux qu'elle vous rend.

— Seigneur corrégidor, lui répondit
dona Isabel, pardonnez à ma faiblesse ,
j'aurais voulu faire quelques pas au devant de vous.

Don Matias s'excusa de lui causer

tant d'incommodité, et l'assura qu'il n'était venu que pour lui offrir ses services et son appui.

— Tous les hommes ne sont donc pas méchans et oppresseurs, dit Isabel, avec un soupir, et après s'être un peu remise de la fatigue que lui avait coûté l'effort de se lever ; je n'ai jamais douté de la providence, seigneur corrégidor, et je savais bien qu'elle veillait sur la pauvre veuve. Mon cœur n'a pas murmuré, mais il a bien souffert, et depuis trop long-temps. Mais enfin, le ciel, qui a permis que je fusse éprouvée, me gardait des consolations ; si ma fille m'a été ravie, elle m'est rendue aussi pure qu'au jour où je l'ai pressée pour la première fois sur mon sein ; votre présence et vos paroles sont encore pour mes maux un adoucissement inattendu dont je dois rendre grâces à Dieu. Je demande, seigneur, qu'il ne soit donné aucune suite à la plainte que j'ai signée

inconsidérément; je pardonne, comme
je désire qu'il me soit pardonné.

—Votre généreuse requête, segnora,
sera sans doute prise en considération, et
doit avoir plus tard une influence favorable sur l'issue de cette malheureuse affaire;
mais je ne suis pas le maître de suspendre à présent la marche de la justice. La
clameur publique et la dénonciation par-
ticulière du curé, enfin, la solennité de
votre plainte m'ont contraint d'exercer
à l'égard des accusés un commencement
d'action juridique qui doit avoir son
cours. Il faut même que vous soyez in-
struite d'un incident auquel a donné lieu
le premier interrogatoire de l'un d'eux.

— Les accusés! l'un d'eux! que voulez-vous dire, seigneur? je pensais qu'il
n'en existait qu'un seul. Les refus con-
stans que j'ai faits d'accorder la main de
ma fille au jeune Fernando, sans l'aveu
du comte de Mansilla son père, ont ir-
rité sa passion au point de le pousser à

une résolution désespérée; et la connaissance qu'il a eue de mon prochain départ
en a précipité l'exécution ; voilà ce que
je croyais.

— Je suis assuré, segnora, que Fernando n'a pas conçu cette coupable idée;
elle lui a été suggérée par un homme
dont l'existence est depuis long-temps sus-
pecte et l'origine inconnue ; cet homme,
pour échapper ce matin aux soldats qui
l'avaient arrêté, a déclaré qu'il est le
frère de la segnorita ...

—Son frère, répondit Isabel avec une
vive agitation, quoi? seigneur, il a dit?....

—Oui, segnora, son frère ; il soutient
effrontément cette déclaration, et demande même à vous être présenté sous
le titre de fils.

— Arrêtez, dit Isabel avec effroi, attendez seigneur, ne souffrez pas.... Oh!
mon Dieu, quelle épreuve !

— D'où vient ce trouble? on m'assure que vous n'avez point de fils.

— Seigneur, il faut que je vous parle

seul.... ma fille , ajouta-t-elle en s'adressant à Elena, sors un moment...

Sa pâleur extraordinaire, l'émotion
qui se manifestait dans toute sa personne
effrayèrent autant la jeune fille qu'elles
étonnèrent le corrégidor. Elena ne pouvait se résoudre à s'éloigner, mais dona
Isabel lui fit signe de se hâter; elle n'obéit
qu'après avoir fait promettre à don Matias de la rappeler au premier signe de
faiblesse qu'il remarquerait dans sa
mère.

Aussitôt qu'ils furent seuls , dona Isabel s'informa de l'âge que l'accusé avait
avoué. Don Matias consulta l'interrogatoire.

— Il a déclaré trente-quatre ans, ré-
pondit-il. — Juste ciel ! et le nom ? —
Sous ce rapport, dit Matias, je vois qu'il
déclare ici que des raisons de famille l'o-
bligent à se taire jusqu'après un entretien
avec vous, qu'il réclame avec instance.—
Oui , oui , répliqua dona Isabel d'un air
égaré , il doit ignorer..... Oui, que je

le voic sans témoins, il le faut, je m'y résous.

— Sans témoins, segnora! je ne puis le permettre. Je vous répète que cet homme est déjà sous l'action de la justice, et votre entretien au sujet de la déclaration qu'il a faite doit avoir lieu devant moi et être recueilli par un greffier. Si l'accusé a trompé la justice, cette pièce servira de base à son procès; dans le cas où il aurait dit la vérité, elle établira sa justification de la manière la plus complète.

— Sa justification, seigneur corrégidor, vous me l'assurez, je vous crois, je mets en vous toute ma confiance. — Vous êtes bien agitée, segnora; quoi! cette déclaration aurait-elle en effet quelque fondement? auriez-vous un fils? — Je me sens mourir, dit Isabel, en se laissant tomber sur le bras de son fauteuil.

Don Matias la soutint et appela Elena qui accourut avec les secours qu'elle avait l'habitude d'offrir à sa mère dans de semblables occasions. Doña Isabel reprit bientôt l'usage de ses sens, et don Matias, de plus en plus surpris, l'engagea vivement à prendre un peu de repos et à remettre à un autre moment la suite de cet entretien que sa faiblesse ne lui permettait pas de poursuivre.

—Non, seigneur, non, lui répondit-elle, je ne crains pas, d'ici à quelques heures, le retour de cet accident passager. L'épreuve est terrible sans doute, beaucoup plus que vous ne pouvez croire, mais je me sens la force de la supporter en cet instant, je veux en profiter. Ne différons pas l'entrevue, faites venir cet homme sans plus de délai ; le ciel m'a trop visiblement protégée aujourd'hui, je m'abandonne à lui.

Don Matias sortit pour donner l'ordre d'amener Perez. Quand il rentra dans la chambre, il trouva la mère et la fille en prière. Elena lisait à genoux, à côté du grand fauteuil de sa mère, des oraisons dont Isabel répétait les derniers mots avec ferveur. Il se retira doucement pour ne pas troubler leur pieux recueillement.

Perez ne tarda pas à paraître; il se présenta au corrégidor d'un air plein d'assurance. Don Matias, sans le regarder, lui fit signe de le suivre et le précéda dans la pièce qu'il venait de quitter. Le curé, l'alcade, le greffier, Beatrix et Pepita entrèrent après eux.

—Segnora, dit Matias à Isabel, vous voyez devant vous l'homme qui déclare que vous êtes sa mère; le reconnaissez-vous pour votre fils ?

Il se fit un grand silence. Isabel était fort émue, et tous ses membres éprouvaient un léger tremblement; elle considéra pendant quelques momens Perez fort attentivement; il la regardait avec effronterie en souriant d'un air moqueur.

— Je ne le reconnais nullement, dit-elle enfin. Seigneur, continua-t-elle, en s'adressant à lui, j'ignore sur quoi vous pouvez fonder la prétention de m'appartenir ; quelles preuves en apportez-vous ? quels sont vos noms ?

— Mes noms ? répondit Perez avec un éclat de rire faux, mes noms ! votre dessein, ma digne mère, est-il donc de renouveler nos vieilles querelles ? Vous me demandez mes noms, vous savez bien que je n'en ai qu'un seul.......... Mariano.

— Que voulez-vous ? lui dit vivement le corrégidor d'un air effrayé, en se retournant vers lui. — Rien de votre seigneurie, répondit Perez, étonné du mouvement rapide de don Matias ; ce que je veux, c'est que ma mère n'hésite plus à me reconnaître. Il me paraît que sa mémoire est aussi affaiblie que sa vue. Oui, ma mère, oui, je m'appelle Mariano, c'est mon seul nom, du moins à ma connaissance, et si j'ai le droit d'en porter un autre, c'est à vous de me l'apprendre. — Je vois ta cruelle intention, dit Isabel d'une voix ferme et en continuant à l'examiner avec curiosité, oui, tu as à peine paru devant moi que ta méchanceté et mes douleurs m'ont déjà révélé que j'ai retrouvé mon fils. — Vous l'entendez, seigneur corrégidor, reprit Perez d'un ton triomphant, ma bonne mère me rend justice, elle avoue qu'elle a retrouvé son fils, et moi je la reconnais à ses jérémiades, à ses éternels reproches. Voilà déjà un grand pas fait vers le dénouement, mais il n'est pas question ici d'une reconnaissance de comédie ; il faut procéder régulièrement et établir solidement ses droits.

Aujourd'hui 31 août, jour de San-Ramon, et de la translation des saints martyrs Emeterio et Celedonio, patrons de Calahorra, il y a juste dix-sept ans que j'ai quitté la maison que nous habitions à Valdestillas, vis-à-vis la brique-terie d'Antonio Cardoso el Manco. Est-ce là un renseignement clair et positif, ma mère ?

— Je ne le nie pas, répondit Isabel

en essuyant ses yeux. — Mon excellente
mère, continua Perez, ne portait pas
alors le nom pompeux de dona Isabel
de Aguilar; on ne la connaissait, dans le
village, que sous l'obscure dénomina-
tion de la grande Biscayenne.

Isabel étouffait ses sanglots en pres-
sant son mouchoir sur sa bouche, tout
le monde gardait le silence; elle se remit bientôt, et reprenant une conte-
nance assez ferme, elle leva les yeux
sur le corrégidor : « Eh bien ! lui dit-
elle, avais-je tort de vous dire que cette
épreuve était cruelle? Dieu le veut, je
dois me soumettre. »

Don Matias, immobile devant elle,
semblait la dévorer de ses regards; les
couleurs habituellement vives de son
teint avaient fait place à une pâleur mortelle, tous ses membres tremblaient; il
ne répondit point.

Isabel, sans remarquer le trouble du
corrégidor, se tournant vers Perez, lui
dit d'un ton de reproche plein de di-

gnité : tu ne pouvais douter que tu re-
voyais ta mère, et ton premier mouvement n'a pas été de te jeter à mes genoux!

Au même instant le corrégidor fit un
mouvement pour s'y précipiter. L'alcade
placé près de lui, trompé sur son intention, crut qu'il se trouvait incommodé
et le retint vivement. Le curé, remarquant alors l'extrême altération des traits
de don Matias, lui demanda ce qu'il
éprouvait, et approcha un siége sur lequel, à l'aide de l'alcade, il le plaça doucement.

— Ce n'est rien, répondit Matias, une
légère indisposition..... je désire que cet
incident n'empêche pas de continuer l'entretien auquel je prends le plus grand
intérêt.

Cependant Perez avait accueilli le reproche d'Isabel avec un grand éclat de
rire. « A vos genoux, ma mère! ah! nous
n'en sommes pas encore à la partie pa-
thétique de notre drame. Terminons
d'abord la reconnaissance, c'est ce qui

m'importe le plus en ce moment. Eta-
blissons-la d'une manière incontestable,
donnons sous ce rapport toute satisfaction au seigneur corrégidor, que cet incident semble contrarier beaucoup. Je suis
vraiment fâché que les beaux projets qu'il
avait conçus, et que tout ceci va déranger, lui tiennent assez au cœur pour qu'il
ne puisse y renoncer sans des regrets qu'il
ne prend pas même la peine de déguiser.

— Qu'osez-vous dire? lui demanda le
corrégidor avec hauteur. — Je dis que
vous êtes mon juge, répondit Perez
d'un ton moqueur, et que vous montrez
contre moi les sentimens d'un ennemi
passionné.

— Ce reproche serait très-grave s'il
était fondé, répliqua don Matias, et je
dois le repousser. Je vous déclare que
l'émotion que je viens de laisser voir tient
à des causes qui vous sont tout-à-fait
étrangères. Je souffre beaucoup, et je me
fais effort pour ne pas interrompre cette
conversation, dont personne plus que moi

ne sent toute l'importance ; continuez :
— Eh bien, ma mère, dit Perez en s'a-
dressant à Isabel, puisqu'on veut des
preuves tout-à-fait convaincantes, décla-
rez tout haut quel signe vous avez tracé
sur ma personne, dans mon enfance,
pour me reconnaître à tout évènement.

— Quelques lettres au bras droit, répondit Isabel. — Les voilà, dit Perez en
soulevant sa manche ; désignez-les maintenant, ajouta-t-il. — La lettre M, suivie
de la date de la naissance de mon fils. —
Le premier mai 1758. — Le premier mai,
seigneur, répéta Perez en montrant la
marque tracée sur son bras ; mais ce
n'est pas assez, continua-t-il en le recou-
vrant aussitôt. Faut-il vous dire, ma
bonne mère, la cause secrète qui détermina ma fuite de Valdestillas ?

— Tais-toi, malheureux, dit Isabel
effrayée. — Le fils de Francisco Arénal....
— Assez, te dis-je, interrompit Isabel
avec l'accent de la terreur. — Dans la
cabane du garde de la forêt... — Il me

fera mourir, s'écria Isabel en poussant un cri de détresse, au nom du ciel n'ajoute pas un mot.

—Si cela vous suffit, à la bonne heure, reprit Perez en riant, pour moi je ne m'en lasserais pas, et je puis vous dire une foule d'autres particularités aussi curieuses; mais enfin vous êtes rendue et vous me reconnaissez maintenant pour votre fils Mariano ? — Hélas oui !

—Voilà un hélas bien maternel! Franchement je n'attendais pas un accueil plus cordial; vous voyez que je vous connais bien aussi. Mais, certes, si l'un de nous deux a le droit de se plaindre de l'autre, c'est moi seul, et la triste obligation de s'avouer publiquement le fils de la grande Biscayenne....

—Arrête, dit Isabel en reprenant avec toute sa force un ton de dignité très-imposant; arrête, fils dénaturé, et ne te souille pas d'un crime de plus. N'essaie pas de faire rougir ta mère. S'il n'y a plus un seul sentiment de tendresse ou

de pitié pour elle dans ton cœur corrompu, considère du moins, qu'en te
donnant l'affreux plaisir de la couvrir
de confusion, tu te condamnes toi-
même à l'ignominie.

Le corrégidor s'était couvert le visage
de ses mains, une sueur froide inondait
son front et s'échappait à travers ses
doigts. Son corps tremblait toujours
comme celui d'un criminel qui attend
son arrêt de mort.

—Voilà bien votre orgueil romanesque
et vos violences ordinaires, dit Perez,
en bravant la noble indignation d'Isabel.

— Et voilà bien ton audace et ton langage criminel, lui répondit-elle avec
chaleur, oui, c'est bien toi Mariano !
mais le crime porte ses fruits, et l'habitude du vice et de la débauche ont telle-
ment flétri tes traits autrefois nobles et
touchans, que l'œil d'une mère ne peut
les reconnaître. J'y cherche envain la
ressemblance déjà si remarquable avec
ton infortuné père !

3.

— Vous osez parler de mon père ?
dit-il avec un air de mépris.

— Eh ! pourquoi, reprit-elle, crain-
drais-je maintenant de rappeler la mémoire de mon époux ?

A ce mot don Matias découvrit tout à
coup sa figure, et fixa sur Isabel des regards où se peignaient à la fois la joie,
l'étonnement et l'angoisse d'une vive
curiosité.

— De votre époux ! s'écria Perez.

— N'en doute pas, j'en ai toutes les
preuves.

— Eh ! pourquoi donc, demanda-t-il,
m'avoir fait mystère d'une circonstance
d'un si haut intérêt ? Voilà l'unique
source de tous nos maux.

— Ah ! répondit Isabel avec un soupir douloureux, n'accuse de nos maux
que ton caractère intraitable et violent ;
il fut un obstacle constant à cette confidence, que tu ne brûlais de recevoir que
pour aller la répandre et regagner ainsi
l'estime et la considération des obscurs

habitans du lieu de notre exil momenta-
né; cet éclat pouvait nous perdre. Ton
père m'avait épousée en secret, malgré
ses parens. Sa liberté, la mienne étaient
menacées, ta vie surtout dépendait de
ce mystère. Je gardai le silence, et je
bravai le mépris pour conserver tes
jours, mon bien le plus précieux. Ce fut
là mon seul crime envers toi; pour m'en
punir tu m'as abandonnée. Ton père
alors venait de passer au Mexique; et, le
jour même de ta fuite, je reçus enfin
l'ordre d'aller le rejoindre et de lui amener son fils...... Fatal voyage! la douleur
de ta perte donna la mort à ton malheureux père. Je me trouvai seule, sans fortune et sans amis, à deux mille lieues de
ma patrie. Je luttai long-temps contre la
misère, mais enfin le besoin d'un protecteur pour ta sœur me suggéra l'idée
de m'adresser au comte de Galbès, qui
avait connu et estimé mon mari. J'obtins
par ses soins une faible pension, mais
elle cessa bientôt de me suffire et je revins

en Europe pour en solliciter l'augmen-
tation. J'étais sur-tout ramenée par l'espérance de te revoir, je te demandais
sans cesse à Dieu, je le fatiguais de mes
vœux.... Je te retrouve enfin, et tous
les maux à la fois rentrent dans ma
maison.

Cette relation avait épuisé la force et
le courage de la pauvre dona Isabel. En
l'achevant, elle fondit en larmes. Elena
l'embrassait tendrement, en lui essuyant
les yeux et en la conjurant de se calmer.
Puis, elle prenait ses mains qu'elle cou-
vrait de baisers et la priait encore de ne
plus pleurer. — Pauvre et innocente
créature, lui dit Isabel, conjure plutôt
ce barbare de ne plus me percer le cœur.

—Ma mère est charmante! s'écria Perez
en riant de plus belle; charmante en
vérité; et nous allons mener la vie la
plus douce et la plus aimable ensemble:
mais trèves de douceurs, et que j'ap-
prenne au moins le nom de mon père.

— Ta naissance est aussi noble que

légitime, répondit Isabel ; tu es le fils du comte de Villamayor. Aguilar est le nom de ma famille, qui ne le cède point en noblesse à celle de mon mari, et dont l'extrême pauvreté fut le seul tort aux yeux des Villamayor.

— Comment, diable ! dit Perez d'un air triomphant, et vous pouvez me prouver que je suis fils d'un comte ?

— Je puis du moins te fournir la preuve que ton père second fils de don Francisco de Medina y Gusman fut deshérité par lui quand on eut connaissance de notre mariage, après son départ pour le Mexique. Là, nous reçûmes presque à la fois la nouvelle de la mort de ton aïeul le comte de Villamayor, et celle de son fils aîné qui mourut sans enfans peu de mois après lui. Ton père, don Sébastian a donc pu porter le titre et te le transmettre par le droit de sa naissance ; mais, à mon retour en Europe, j'ai trouvé le nom et les biens passés dans une branche collatérale par suite de l'exhérédation

de ton père et de l'ignorance où la famille
est restée de ta naissance, jusque là si
dangereuse à révéler.

— Bien, bien ! dit Perez, si mes titres
sont en règle, l'exhérédation ne m'embar-
rasse guère ; elle ne frappait qu'un cadet
et ne peut atteindre l'héritier légitime,
chef des noms et armes. C'est une baga-
telle. Laissons cela, mais vous aurez
sans doute des comptes à me rendre de
la fortune de mon père ?

— Seigneur corrégidor, lui dit Isabel
d'un ton suppliant, vous m'avez promis
votre appui, je ne croyais pas que celui
contre lequel j'aurais d'abord à vous
prier de me défendre serait mon propre
fils ; que me demande-t-il ? a-t-il le droit
de tourmenter ainsi ma vieillesse ? pro-
tégez-moi contre ses violences !

Don Matias se levant avec impétuosité
saisit la main que lui tendait dona Isabel,
et la baisant respectueusement : — Oui,
segnora, lui dit-il, oui, ma vie vous est
consacrée. Je l'emploierai à vous dé-

fendre. Ne craignez plus rien désormais,
ajouta - t - il avec feu ; qui oserait vous
nuire, vous menacer même, maintenant
que je veille sur vous ?.....

— Il n'est question, ni de menacer, ni
de nuire, seigneur corrégidor, reprit Perez, et ma mère n'a pas besoin que vous
preniez la peine de veiller sur elle. J'ai
des droits dans cette maison, et vous me
forcez de vous représenter que vous n'a-
vez pas celui de prendre parti dans des
querelles domestiques, sur lesquelles
vous serez peut-être appelé à prononcer
comme juge. En attendant, seigneur
corrégidor, vous voyez que je suis ici
chez moi ; je me réserve d'expliquer à
ma mère les motifs que j'ai eus, comme
chef de famille, de conduire ce matin
ma sœur à la Fonda San-Rafaël ; cela
n'est pas du ressort de la justice. Du
reste, vous savez aussi bien que moi que,
faute d'une formalité qu'il n'a pas tenu
à vous d'obtenir, vous n'avez aucun
moyen légal d'intenter contre moi une

action juridique. Je n'ai d'autre accusateur que vous. Car vous n'espérez pas que
ma mère donne de la suite à l'accusation
que l'on a surprise à sa bonne foi. Je vous
demande donc si vous avez dessein de
charger votre responsabilité de l'arresta-
tion illégale d'un homme de qualité, dé-
coré d'un des premiers titres de Castille,
et qui ne manque auprès du trône, ni
d'amis, ni de puissantes protections.

Le corrégidor sans répondre à Perez
s'adressa de nouveau à dona Isabel : « je
vous ai déclaré, segnora, lui dit-il, que
je n'étais pas le maître d'anéantir cette
procédure commencée, et qui d'ailleurs
se rattache à l'affaire importante qui m'a
conduit ici, par ordre du Roi. Le greffier
qui a suivi cette espèce d'interrogatoire en
a dressé un procès-verbal que vous allez
signer avec tous tant que nous sommes
ici; vous aurez connaissance demain
dans la journée de la décision qui inter-
viendra sur cet objet. Je vous engage en
attendant à ne concevoir aucune crainte,

continuez à mettre votre plus ferme espérance en Dieu, qui vous a exaucée et qui ne vous abandonnera pas.

— *Amen*, seigneur corrégidor, dit Perez ; mais vous ne m'avez pas fait l'honneur de me répondre, et je vous ai demandé si vous osiez attenter plus longtemps à la liberté d'un homme comme moi.

— Oui, seigneur, répondit Matias, je vais vous faire conduire à Saint-Ildefonse avec don Fernando de Mansilla. Il est probable que votre affaire sera décidée avant la fin du jour ; en attendant, je me charge sans crainte de la responsabilité dont vous prétendez m'effrayer ; vous resterez tous deux mes prisonniers.

Le greffier avait en effet terminé la rédaction d'un procès-verbal sommaire que le corrégidor fit lire à haute voix et qui fut signé par tous les témoins. Quand ce fut le tour de Perez, il écrivit avec beaucoup d'affectation *don Mariano de Medina y Gusman, comte de Villa-*

mayor. DonMatias prit respectueusement congé de dona Isabel, qui lui fit promettre de venir la revoir; il la laissa beaucoup plus calme. Quant à lui, ses dispositions étaient bien loin d'être aussi tranquilles en retournant à Saint-Ildefonse pour y rendre compte des travaux de cette matinée si remplie d'événemens. Le plus important pour lui est précisément le seul dont il n'ait pas été rendu compte : jeu singulier du hasard sur lequel en passant on a pourtant assez jeté de jour pour éclairer le lecteur attentif, mais dont rien encore ne peut lui faire pressentir toutes les conséquences, quelle que soit la sagacité de son esprit.

●●●

CHAPITRE III.

Un roseau peint en fer aux joncs du voisinage
Disait un jour d'un ton plein de fierté :
« Je suis d'acier, voyez mon immobilité ;
  Vers nous là bas s'avance un gros nuage,
  Déjà les vents sifflent de ce côté.
Tant mieux, vous m'allez voir faire tête à l'orage :
Ce n'est pas moi qu'on courbe avec facilité. »
    Les vents retinrent leur haleine
Du nuage il sortit un zéphyr caressant ;
    Dont le souffle agitait à peine
Les mobiles épis ondoyans dans la plaine ;
Et le roseau d'acier tout à coup fléchissant
A gauche, à droite, et devant et derrière,
    Inclina le front jusqu'à terre ;
Et sans relâche ainsi ployant, se redressant,
    Il se couvrit de fange et de poussière.

La chronique ségovienne, où sont puisés ces faits intéressans, poursuit de la sorte la relation des événemens du 31 août 1792.

Nous avons vu que le matin de ce jour don Matias après avoir inopinément rencontré Fernando à la *Fonda San Rafaël*, était allé prendre de nouveaux ordres à la cour. C'est alors qu'on lui avait donné connaissance des délations verbales de

Pedro. Justement effrayé d'avoir à juger
un procès où son meilleur ami se trouvait impliqué, il s'était décidé tout-à-
coup à quitter Ségovie, pour aller prendre possession du grade éminent auquel
il était promu depuis près d'un an. Sa
résistance seule tenait l'affaire en suspens.
On se rappelle que c'était à la demande
du duc de Berwick que la grâce avait été
accordée, et que sa tendresse pour Matias s'affligeait de l'espèce de dédain qu'il
témoignait pour une si grande faveur.
Ce vieux seigneur était arrivé la veille à
la cour, don Matias alla le trouver en
sortant de chez le ministre et le pria
d'agir. Ce fut avec un vif plaisir que le
duc se chargea de hâter l'effet d'une résolution attendue avec tant d'impatience,
et Matias tranquille à cet égard était re-
parti pour Otero afin d'y remplir la mission dont on connaît l'issue. Le duc de
son côté ne perdit pas un instant pour
accomplir la sienne. Les dispositions
étant arrêtées depuis long-temps à cet

égard, elle ne lui coûta pas beaucoup
de travail. Mais pour vaincre plutôt les
petites résistances de détail, le duc pré-
tendit tout conduire lui-même, et se mit
à parcourir les bureaux et à presser l'ex-
pédition des lettres et du brevet. Ne vou-
lant se fier à personne du soin des moindres démarches, ou le voyait aller et revenir vingt fois de la table du chef à
celles des commis, suivant partout ses
chers papiers, qu'il voulut ensuite porter
de sa main à la signature du ministre,
son ami. Loin de se plaindre de la fatigue de tant d'évolutions inutiles, le duc
se savait gré de ce mouvement inaccou-
tumé, il était content de lui. C'est un
grand plaisir pour un homme habituellement indolent et nul, que d'avoir à
consommer une affaire bien facile qui
lui donne, à peu de frais, le droit de
vanter son activité.

Cependant une foule de prétendans
s'agitaient depuis long-temps pour obtenir la place que la promotion de don

Matias laissait vacante à Ségovie. Au premier rang des solliciteurs on distinguait un ancien secrétaire de don Juan de Silva, Felix petit homme ardent, dévoré d'ambition et de la soif des richesses, et que le crédit de ce protecteur avait fait nommer intendant de saint-Ildefonse. Felix s'était créé un caractère singulier d'une espèce assez nouvelle; il jouait le flatteur bourru; et c'était toujours du ton dont on dit des injures qu'il prodiguait les plus fades éloges. Il paraissait inflexible et dur, et pourtant rien n'était plus souple que lui, Felix était un roseau peint en fer. Mime bouffon, agréable chanteur, éminent joueur de castagnettes, à force de demi-talens, l'intendant s'était placé fort avant dans les bonnes grâces des cameristes du palais, toutes fort laides à cette époque. Admis dans leur intimité, il relevait aigrement leurs moindres inadvertances et murmurait ensuite entre ses dents, mais toujours de manière à se bien faire

entendre que les femmes se croient tout
permis quand elles sont jolies.

Cette apreté de langage ne déplaisait
pas ; et l'on convenait généralement dans
les antichambres de la reine que personne plus que don Felix n'était fait
pour une place de corrégidor : c'est un
homme impitoyable, disaient ces dames,
mais du moins il est juste. Don Felix,
empressé de savoir des nouvelles de
l'engagement avec les contrebandiers,
n'avait pas quitté les bureaux depuis le
matin. Il y vit le duc de Berwick s'agiter
d'un air affairé, brandissant un rouleau
de papiers et gourmandant la paresse des
huissiers du cabinet. Felix ne douta
point qu'il ne fut venu là pour quelque
sollicitation. Le vieillard paraissait enchanté ; le ministre venait de lui faire
dire qu'il était prêt à le recevoir avant
tout le monde, et qu'il ne lui demandait que la grâce de patienter encore
jusqu'à ce qu'il eût terminé un travail
attendu par le roi. Un message aussi

flatteur l'aurait tout-à-fait charmé devant d'autres témoins que ces commis gourmés, dont l'importance silencieuse, la boursoufflure, et la grave impertinence, sont encore plus ridicules et plus repoussantes en Espagne, que partout ailleurs. Le bon duc avait la joie expansive et même un peu bavarde; il cherchait donc autour de lui et d'un œil impatient, devant qui se glorifier à l'aise de ce petit triomphe. Il aperçut Felix, c'était une bonne fortune. L'autre de son côté, brûlant de connaître le secret de l'illustre solliciteur l'aborda d'un air chagrin, et lui dit avec dureté : Que vient faire ici votre excellence ? du bien, toujours du bien, c'est-à-dire, des ingrats et toujours des ingrats.

— Non pas cette fois, Felix, répondit le duc avec mystère; celui pour qui j'emploie ici mon peu de crédit doit du moins trouver grâce devant votre misantropie.

—Et pourquoi s'il vous plaît ? demanda Félix en courroux mais a voix basse, non,

non je connais trop les hommes pour en
excepter aucun, et je ne fais grâce à personne; pas plus à votre excellence qu'à
tout autre, ajouta-t-il du ton le plus indé-
pendant. Et que m'importe, à moi,
qu'on vous proclame un modèle d'anti-
que loyauté, d'esprit, de bonté, d'honneur? soyez, puisqu'à cet égard on n'en-
dent qu'un seul cri, soyez doué de toutes
les vertus, j'y consens: mais morbleu,
vous êtes homme et, comme tel, plein
d'imperfections.

— Qui le nie, sévère et sauvage Félix?
Mais si mon protégé vaut mieux que moi?

— Mieux que votre excellence! allons,
taisez-vous, ou parlons de choses possi-
bles. Je vais parier que c'est encore votre
don Matias que vous placez sans façon
ainsi au-dessus de vous même. Don
Matias! bon sujet, et qui reconnaît bien
les bontés qu'un homme comme vous
daigne prendre à son avancement, il
aime mieux languir à Ségovie....

— Il n'y languira pas longtemps, bon

Félix dit le duc d'un air triomphant, le ministre m'attend.

— Il y mourra vous dis-je, il faudrait beaucoup d'énergie pour le tirer de là et votre excellence n'en sait mettre que dans les grandes choses.

— Voyez, lui répondit le duc, prenez ces papiers, esprit intraitable, lisez seigneur *Timon*..... Eh bien m'accorderez-vous maintenant la faculté d'apporter aussi dans les petites affaires un peu d'exécution et de fermeté ?

Félix satisfit à la hâte sa curiosité, et remettant tout au duc : Tenez, prenez cela, lui dit-il, avec humeur, j'étais bien sûr que la perversité des hommes ne vous empêchait pas d'être sans cesse occupé de leur bonheur. Maudit soit l'homme, ajouta-t-il tout haut en s'éloignant, on est toujours contraint de l'admirer ! Don Félix courut en toute hâte chez don Juan de Silva qu'il trouva au lit et profondément endormi, quoique la matinée fût déjà fort avancée.

—Comment encore couché! s'écria-t-il
en le réveillant; ah! je vois bien qu'on m'a
dit vrai. Je sais tout, continua-t-il en se
promenant dans la chambre d'un air
mécontent.

— En ce cas, tu sais de belles choses!
répondit le jeune seigneur en bâillant.—
Toute une nuit passée au jeu chez le
duc; bel emploi du temps pour des gens
de votre mérite! Pauvre Espagne! continua Felix avec véhémence en poursui-
vant sa course par la chambre, et les
mains derrière le dos; pauvre Espagne!
de quoi te sert de produire, en t'épui-
sant, des hommes aussi distingués?
Voilà pourtant l'usage qu'ils font de leurs
rares facultés! le jeu toute une nuit,
peut-être encore pis......

— Oh! ne ménage pas les *peut-être*,
Félix; va, va, tu peux te donner carrière. Mais quelle heure est-il donc pour
que l'on vienne ainsi troubler mon sommeil? — L'Angelus va sonner, je pense,
et votre seigneurie devrait rougir......

— Rougir de quoi, Félix ? es-tu fou
de vouloir m'empêcher de dormir ; eh !
mon pauvre garçon, c'est à peu-près la
seule chose innocente que je fasse. Mais
toi, qui parles, à quelle heure t'es-tu
levé ? — Avant six heures.

— Eh bien ! tu as certainement fait
plus de six sottises depuis ce matin, et
moi..... — Et vous, vous avez perdu
plus de six occasions de vous livrer à
votre penchant naturel pour les belles et
bonnes actions...... — Mon penchant
naturel en cet instant, Félix, c'est de
continuer mon somme et de te faire jeter
à la porte, si tu ne t'en vas pas tout à
l'heure de bonne grâce.

—Tenez, tenez. lui dit Félix en lui présentant sa chaussure, levez-vous tout à
l'heure ; il sera temps de dormir cette
après-dînée, mais à présent il s'agit
d'être utile, et vous ne me pardonneriez
jamais.....

— D'être utile à qui ? — A moi. — As-
tu perdu l'esprit ? me déranger, me ré-

veiller pour..... — Pour me faire corrégidor de Ségovie. Matias déguerpit
enfin, et c'est à moi d'occuper sa place.
Il ne sera certainement pas dit que le
seigneur don Juan de Silva, le meilleur
ami du duc de la Alcudia, n'a pas eu le
crédit de faire donner une mauvaise
place de corrégidor à son protégé.

— Eh! que m'importe à moi ce qu'on
peut dire à cet égard? Va te promener,
et me laisse dormir.   Il vous importe
beaucoup, reprit Félix à voix basse, que
l'on ne mette pas là quelque esprit tracas-
sier qui fouille trop avant dans toutes ces
saletés de contrebandiers. — Les contrebandiers sont loin s'ils courent toujours.
— Ils sont arrêtés, au contraire, les avis
qu'ils ont reçus se sont trouvés tous
inexacts. Perez est prisonnier.....

— Comment diable! et mon carosse
aussi? Donne-moi mes bas, Félix, tu as
raison, il faut que je m'habille, sonne
mon valet de chambre. — Non, non,
nous n'avons pas besoin de témoins pour

causer de cette affaire et je ferai fort bien
le service auprès de vous. Tout le monde
ne sait pas comme moi le noble usage
que vous faites des faibles sommes que
vous leur avez fait la grâce d'accepter...

— Bien, bien, donne-moi mes pan-
toufles... — Les voici; l'affaire de ces
marauds-là va s'instruire sans délai. —
Les imbéciles! Où diable se sont-ils ainsi
laissés surprendre?—Ici près, vers Rio-
Frio. — Rébellion à main armée, dit
don Juan toujours hâtant sa toilette, cas
royal! Eh! qui va juger cela? Les alcades
de cour? Le corrégidor de Ségovie?

— Ce ne sont pas les alcades de cour.
Vous savez bien que ce n'est jamais
qu'une fraction de ce tribunal qui suit le
Roi dans ses voyages et sa juridiction ne
s'étend guère qu'autour de la résidence
royale. Et d'ailleurs ils vont bientôt retourner à Madrid avec Leurs Majestés;
on vient de décider tout-à-l'heure que ce
procès sera porté à la chancellerie de
Valladolid, déjà saisie d'une partie de

cette affaire. Mais en attendant, les interrogatoires préliminaires, les procès-verbaux sur les lieux, enfin toute l'instruction préparatoire est du ressort du corrégidor de Ségovie. Tout est dans ses mains, et si quelques paroles indiscrètes...

— Je t'entends, Félix. — Le dépit d'avoir été trompés peut faire dire mille sottises à quelques-uns de ces drôles là, et Perez lui-même... — Tu n'as que trop raison, appelle maintenant pour qu'on vienne me coiffer. — Du tout, du tout, j'arrangerai fort bien vos cheveux moi-même; mettez vous devant cette glace, passez ce peignoir. — A la bonne heure, mais dépêche-toi. Oui, mon bon Félix, je comprends tout cela. Je veux faire ta fortune, sois tranquille, te dis-je, et tu seras corrégidor, je vais aller de ce pas chez le duc de la Alcudia.

— Je le savais bien, dit Félix d'un ton brusque et sévère, tout en frisant don Juan à tour de bras; allez, je connais mieux votre cœur que vous même. Mais

vous vous plaisez à le calomnier, ce bon
cœur; vous n'avez d'oreilles que pour
ceux qui flattent bassement votre esprit.
Des flatteurs voilà ce qui vous plaît, et
et vous repoussez le langage de l'amitié
courageuse, qui n'a que des paroles austères..... Comment vous trouvez-vous
coiffé? — Mais vraiment je ne suis pas
mal. — Eh parbleu, dit Félix en colère,
je le crois bien, avec cette figure-là! Ah!
jeune tête, jeune tête! autre sujet de vanité puérile; on aime à s'entendre dire
qu'on est joli garçon, grand, bien fait;
que l'on peut d'un coup-d'œil jetter le
désordre dans un pauvre cœur de femme,
la désoler, lui tourner la cervelle. Grand
triomphe, quand la nature a tout fait!
Cependant toute votre attention est pour
les fades complimenteurs qui vous entre-
tiennent de vos frivoles agrémens, et moi
je ne suis pas même écouté, pourquoi?
parce que je méprise les futilités... Attendez que j'attache votre clef de cham-
bellan.... parce que je n'estime que le

vrai, le solide... passez votre grand cordon de l'ordre de Charles III, là, maintenant votre croix de commandeur d'Alcantara.... Enfin on m'éconduit parce que, censeur importun des abus d'un esprit supérieur, je n'accorde d'hommages qu'à cet excellent cœur que l'on dédaigne, à cette véritable grandeur d'âme, à ces sentimens, que vos bas adulateurs ne savent pas apprécier, à cette noblesse de caractère enfin...

— Eh bien oui, mon pauvre Félix, voilà comme je suis. Ah! tu me connais bien, toi, continua don Juan en achevant de s'ajuster devant sa glace, mais ces gens là ne se doutent de rien de tout ce que tu viens de dire.

— Oui, je vous sais par cœur, reprit Félix en lui présentant son épée toujours d'un air fâché; vous n'avez pas beau jeu avec moi. — Aussi, dit don Juan en la prenant, aussi tu ne me ménages pas et tu me dis de bonnes vérités. Eh bien, tu le vois, je ne m'en fâche pas;

4.

loin de là, ta sévérité me plaît, et tandis
que je tiens à leur place tous ces bas flatteurs, toi, je te traite avec estime et dis-
tinction... Essuie donc mes souliers; là,
me voici tout-à-fait bien. Mes gants et
mon chapeau. — Les voici, seigneur. —
A merveille, dans une heure, Félix, tu
seras le premier magistrat de la province.

Don Juan mit en effet beaucoup de
chaleur à servir son protégé ; tandis que
de son côté Félix fit mouvoir tant de res-
sorts subalternes, réprimanda si verte-
ment les femmes de la reine, chanta tant,
gronda si fort, joua si furieusement des
castagnettes et de la guitarre que son brevet de corrégidor lui fut expédié dans la
matinée même.

CHAPITRE VI.

Mélons nos tristes destinées
Et vivons ensemble toujours.
Deux victimes infortunées
Se doivent de tendres secours ;
J'eus soin de tes jeunes années,
Tu prendras soin de mes vieux jours.

BERQUIN.

CEPENDANT six fortes mules, rapides
comme le vent, ramenaient Matias au
château de Saint - Ildefonse. Animées
par les cris du postillon pédestre qui les
dirigeait et par le fouet retentissant du
cocher, elles précipitaient leur course ;
le carosse semblait voler, porté sur un
nuage de poussière. Et pourtant, Matias
les accusait de lenteur; immobile et l'œil
fixe, il regardait devant lui sans rien
voir. Une foule de souvenirs douloureux
et confus le déchiraient cruellement ; ses
angoisses ressemblaient au supplice des
remords. Mais à mesure que sa mémoire

plongeait plus avant dans le passé, elle
lui présentait des images plus distinctes
et déjà moins sombres. Insensiblement,
il remonta jusqu'aux jours de son enfance et s'en retraça l'innocence et les
plaisirs. Un charme attendrissant vint
alors tempérer l'amertume de ses regrets
et les effaça peu-à-peu. Bientôt un sentiment doux et cher resta seul au fond
de son cœur ; il l'amollit, son sein se gon-
fla de soupirs et des pleurs mouillèrent
enfin ses yeux. « Ma mère ! s'écria - t-il
en répandant un torrent de larmes, ma
pauvre et malheureuse mère ! tes derniers
jours du moins seront calmes et heureux ! »

Presqu'au même instant, la voiture s'a-
rêta tout-à-coup à la porte du ministre.
Don Matias se composa, et rappelant
toute sa fermeté, il monta les degrés à
pas lents, pour se donner le temps d'effacer jusqu'aux traces d'une aussi vive
émotion.

Son audience fut courte ; le ministre

mandé chez le Roi recueillit à la hâte tous les faits principaux, objet de ce second rapport et le congédia. Matias, sans perdre un moment courut chez le duc de Berwick, pour lui confier le secret qu'il venait de découvrir à Otéro, et surtout pour le prier de suspendre les démarches qu'il l'avait conjuré de faire. Les idées de Matias étaient changées ; Fernando ne semblait plus compromis, le procès des contrebandiers ne regardait pas le corrégidor de Ségovie, enfin il lui importait maintenant de ne pas s'éloigner d'un lieu où les plus grands intérêts de sa vie allaient se décider. Le duc ne lui laissa pas le temps de s'expliquer, il était lui-même trop empressé de l'instruire du résultat de ses démarches et le força d'écouter dans le plus grand détail l'histoire minutieuse de toute sa matinée. Enfin il lui remit la cédule royale qu'il avait obtenue avec tant de peine.

Matias ne lui répondit que par un cri douloureux et se laissa tomber sur un fauteuil, accablé de chagrin. — Voilà d'étranges remercîmens ! dit le duc d'un air étonné.

— Ah ! ne m'accusez pas d'ingratitude, répondit tristement Matias, jamais mon cœur ne fut plus reconnaissant de toutes vos faveurs ; mais vous allez enfin juger à quel point je les ai méritées. Votre généreuse bonté ne m'a jamais pressé de lui dévoiler le mystère dont j'ai cru devoir envelopper l'histoire de mes premières années, il est temps......

— Calme-toi, mon pauvre ami, interrompit le duc en s'asseyant a côté de lui et en lui prenant la main avec bonté, calme-toi Matias et parle à ton père avec toute confiance. Quand ma bonne fortune t'a présenté pour la première fois à mes regards, ta tendre jeunesse ne pouvait être encore chargée de torts bien graves ; j'ai vu ta répugnance à me parler des temps antérieurs à notre connaissance, et j'ai toujours pensé, ce que je crois encore, qu'il en coûtait trop à ta

fierté de faire l'aveu d'une naissance peu
relevée, peut-être illégitime.....

— Il est trop vrai, dit Matias, que jusqu'à ce jour.....

— Eh bien! reprit le duc avec véhémence, qu'avais-je affaire de connaître
ton origine, je ne me suis occupé que de
bien étudier ton caractère et de juger tes
inclinations. Tu n'avais pas dix-huit ans
alors, tu en a passé plus de dix dans ma
maison, constamment sous mes yeux,
jamais âme plus noble.....

— Seigneur! s'écria Matias, gardez
cette indulgence pour qui la mérite
mieux que moi......

— Laisse-moi parler, reprit l'excellent
vieillard, ne m'interromps pas Matias,
et quand tu oses te méconnaître et t'abandonner ainsi toi même, c'est à moi de te
relever et de te replacer au rang qui t'appartient. Crois-en ma longue expérience,
je n'ai jamais rencontré d'âme plus noble
que la tienne, ni de cœur plus vertueux;
voilà pourquoi je t'ai adopté dans le mien,

voilà pourquoi je t'ai nommé mon fils. Si c'est à cause de moi que l'on t'a d'abord honoré dans notre Espagne, où j'ai eu le bonheur de te ramener, c'est à présent pour toi que l'on te respecte et qu'on t'aime. Encore une fois, qu'importe ta naissance ? ne m'en parle jamais, n'en parle à personne. Tu ne cours pas une carrière où les preuves de noblesse soient exigibles. Le roi t'a nommé à la chancellerie de Valladolid, et j'espère un jour te voir assis parmi les juges du conseil suprême de Castille au premier rang de la magistrature. Ne crains rien, mon bon Matias, non, ne crains rien, ton vieux père adoptif ne te manquera jamais ; et si Dieu dispose de mes jours, eh bien ! mes enfans te chérissent et t'honorent comme moi ; ma maison aura toujours bien assez de crédit pour surmonter tous les obstacles qui pourraient s'élever pour toi sur le chemin de la fortune, que je te présage.

Don Matias attendri, serra quelques

momens dans ses bras ce vénérable protecteur, sans pouvoir proférer une parole. Mais enfin se remettant tout à fait de son trouble : seigneur, lui dit-il, ma première jeunesse fut orageuse et coupable. Avant de vous avoir vu, je rougissais d'une naissance que je croyais illégitime; depuis que votre exemple m'apprit à connaître et à chérir la vertu, je n'ai plus rougi que de ma conduite, et je n'ai senti de honte que celle de mes fautes. C'est pour dérober à vos yeux ce sentiment douloureux que j'ai gardé le silence obstiné que vous me reprochez avec justice. J'eusse alors affligé votre cœur sans raison et sans fruit, puisque je croyais ma faute irréparable ; maintenant il faut que vous connaissiez toute ma vie, j'ai besoin des conseils de votre expérience et des leçons de votre sagesse.

— Encore une fois, parle à ton père, mon enfant, je t'écoute avec attention.

— Je n'ai, dit Matias, qu'un souvenir confus de mes premières années, mais je

me rappelle pourtant fort bien la richesse
et même le luxe de la maison où je fus
d'abord élevé. Il me souvient encore
d'un grand changement dans l'existence
de ma famille après un long voyage. Un
soir, nous arrivâmes dans un village ;
ma mère me dit : « Mon enfant, nous n'i-
rons pas plus loin. » De cet instant, tout
me sembla nouveau et triste autour de
moi. Plus de belles chambres, plus de
domestiques en livrées; les habits somp-
tueux, les promenades en voiture, tout
avait disparu. Ma mère, auparavant si
riante et toujours entourée d'une foule
empressée à lui plaire, ma mère, désormais seule et affligée, était vêtue comme
ces pauvres auxquels sa bonté m'avait
souvent instruit à faire l'aumône. Nous
passions une partie de la journée à l'église,
et le reste du temps elle s'occupait de
mon instruction et des soins de notre
ménage indigent. J'atteignis ainsi l'âge
de huit ans. Nous habitions Valdestillas
à quatre lieues de Valladolid. A cette

époque une famille de riches marchands
de cette ville vint s'établir au milieu de
ses propriétés dans notre village. Le
père s'appelait don Francisco Arenal; il
avait deux fils à peu près de mon âge,
et avec lesquels je fis connaissance chez
le curé, qui nous catéchisait ensemble.

Ce bon ecclésiastique m'aimait beaucoup ; il me présenta dans la maison de
ses nouveaux paroissiens, et obtint d'eux
que je suivisse les leçons que donnait à
leurs enfans un excellent précepteur
qu'ils avaient amené avec eux. Le curé,
homme d'un rare mérite et d'une vaste
érudition, consentit à seconder le précepteur et à nous initier aux lettres grecques
et latines. Je fis en peu d'années des pro-
grès remarquables ; mes condisciples
Isidro et Lorenzo Arenal, que je laissais
loin derrière moi dans l'étude des sciences
et de la littérature, vengeaient l'humiliation de leur petit amour-propre en m'af-
fligeant par la comparaison de leurs richesses avec ma pauvreté. Je ne leur

répondais qu'en remportant de nouveaux
triomphes.

Cependant, j'étais fier et je ne souffrais
aucune insulte directe. Isidro avait conçu
pour moi l'amitié la plus tendre; Lorenzo
me haïssait, et son plus grand plaisir
était de blesser mon orgueil. Mais, trop
lâche pour m'affronter, il me portait
toujours des coups détournés qui m'é-
taient insupportables. J'avais près de
seize ans, il était un peu plus âgé
que moi. Je remarquai vers ce temps
que ses sarcasmes prenaient un caractère nouveau d'amertume et d'ironie. Il
raillait incessamment en ma présence les
enfans illégitimes et les prostituées ; je
pris garde à l'air chagrin et troublé d'Isidro, qui s'efforçait dans ces occasions de
détourner la conversation, et m'emmenait
quand il ne pouvait parvenir à imposer
silence à son frère.

Étonné, je pressai mon ami de m'expliquer cette bizarrerie ; il se laissa long-
temps prier, et ne m'avoua qu'avec beau-

coup d'embarras qu'un voyageur avait
depuis peu reconnu ma mère à l'église,
et déclaré l'avoir vue à Séville, quelques
années auparavant, publiquement entre-
tenue par un seigneur de Grenade. J'é-
tais le fruit de leurs amours illicites,
d'après le rapport de cet étranger. Ma
confusion fut extrême ; ma mère m'avait
toujours entretenu dans l'idée qu'elle
était veuve d'un riche marchand ruiné
par des malheurs imprévus, et mort des
regrets de la perte de sa fortune. Je quit-
tai brusquement Isidro, et rentrant précipitamment à la maison, j'abordai ma
mère en tremblant, et je l'interrogeai
brusquement sur le sujet délicat de la
douleur mortelle qui déchirait mon cœur.

Il me serait impossible de vous décrire
la sensation nouvelle que j'éprouvai en
voyant tout-à-coup cette femme, si douce
et si bonne, pâlir à mon récit, chance-
ler, chercher un appui que je lui refusai,
et tomber enfin sans haleine à mes pieds.
J'eus la barbarie de ne lui porter aucun

secours, et plus sensible à ma honte qu'à
sa peine, je sortis de la maison, la rage
dans le cœur, désespéré, ne sachant où
porter mes pas.

Je passai la journée à errer loin du
village. Le soir quand la fatigue et la
faim me ramenèrent dans notre chaumière, je trouvai ma mère en pleurs ;
elle accourut au devant de moi pour me
serrer dans ses bras, je la repoussai durement ; j'osai lui faire un crime de
m'avoir donné une existence vouée à
l'infamie. Mon aveugle fureur tournant
contre elle ses vertus, sa bonté et même
sa tendresse pour moi, j'allai jusqu'à lui
reprocher de cacher son ignominie sous
un masque hypocrite, de n'avoir orné
mon esprit et cultivé ma raison que pour
me rendre plus insupportable la bassesse
de mon origine...... Enfin, je vous fais
grâce du reste des horreurs que vomit
alors ma rage impie et frénétique. Pour
la comprendre, et non pour l'excuser,
Dieu me garde de cette pensée, il faut

pénétrer un moment dans mon jeune
cœur. Il n'était point pervers. J'aimais
ma mère avec passion; jusque-là mes
idées s'étaient toujours et uniquement
rapportées à elle. Le succès de mes
études m'avait révélé l'étendue de mes
facultés; je sentais mes forces, et je fon-
dais sur elles l'espoir de rendre au bonheur cette mère adorée. Déjà je voyais
une foule de routes ouvertes à mon ambition; je m'y élançais en idée, je ren-
versais tous les obstacles, je replaçais ma
mère aux premiers rangs de la société.
Là, je la voyais régner par les grâces,
par l'esprit et par le talent, sur toutes les
autres femmes, et forcer les hommages
des plus nobles cavaliers; je m'enivrais
d'orgueil et de joie en contemplant son
triomphe imaginaire. Le coup cruel qui
venait de ruiner de si douces chimères
brisa mon cœur, et, je crois aussi, porta
quelque atteinte à ma faible raison. Du
moins est-il certain que dès ce moment,
et pendant plus d'une année, toutes mes

actions eurent un caractère de folie sombre et furieuse.

Je ne pouvais plus voir ma mère sans
frémir de colère ; je l'insultais d'une manière atroce, et je mettais toute ma
joie à voir couler ses larmes...... Écar-
tons ces odieux souvenirs, ils m'ont toujours poursuivi comme le remords d'un
parricide. Hélas! ces larmes de ma triste
victime étaient sa seule défense. Cependant je me rappelle aujourd'hui que, la
voyant quelquefois prête à me parler
avec confiance, je la pressais avec ardeur
de me donner au moins quelques moyens
d'atténuer sa faute et de diminuer ma
honte ; je l'assurais que j'irais à l'instant
publier partout ses aveux ; mais aussitôt
l'effroi se peignait dans ses yeux, et son
silence, devenu plus sévère encore, re-
doublait ma furie. Un jour, après un ac-
cès plus délirant que de coutume, je sortis de la maison dans un état extraordinaire d'exaspération. Le malheur voulut
que je prisse mon chemin par la grande

rue, que j'évitais habituellement. Les deux
frères Arénal, que je ne voyais plus, s'y
trouvaient alors avec plusieurs jeunes
gens des plus riches des environs. J'allai
droit à eux, et je les regardai fièrement
en passant; ils levèrent les épaules d'un
air de pitié, et j'entendis clairement le
mot de *bâtard*.

L'éclair n'est pas plus rapide; je me
précipitai sur Lorenzo, et lui donnai un
soufflet. L'affront était public, il demandait du sang. Mais Lorenzo était lâche;
il aima mieux dissimuler l'injure que
de la venger au péril de sa vie. Il préten-
dit que j'étais un forcené, et sans doute
il n'avait que trop raison à cet égard;
mais il répandit aussi le bruit que je voulais l'assassiner, et cette calomnie trouva
du crédit dans l'esprit des paysans, que
l'on avait instruits à me haïr et à me
mépriser. Tout le monde me fuyait. Lorenzo de son côté était en butte aux railleries les plus amères; ses jeunes compagnons lui témoignaient en toutes rencon-

tres l'indignation qu'inspirait sa lâcheté.
Pour le rétablir dans l'opinion publique,
Isidro se résolut enfin à m'envoyer un
cartel, bien décidé pourtant à ne souffrir qu'une apparence de combat, qui sau-
vât l'honneur de son frère, et sans danger pour lui ni pour moi qu'il aimait
toujours.

Le rendez-vous était auprès de la cabane d'un garde forestier, sur la lisière
d'un bois, à une lieue du village. Je
n'avais plus d'amis, je m'y rendis seul et
j'y trouvai les deux frères arrivés quelques instans avant moi : le garde était
absent. Isidro ne chercha pas à nous empêcher d'en venir aux mains ; mais il nous
fit clairement entendre son dessein de ne
pas souffrir que deux anciens amis pous-
sassent la fureur au point de s'entr'égor-
ger, pour satisfaire à des préjugés odieux.
Un peu de sang, dit-il, doit suffire à
laver cette offense, que l'excuse ni le
pardon ne sauraient effacer.

Pour moi, j'étais bien loin d'entendre à

un semblable accommodement ; j'aurais
voulu périr dans ce funeste combat, mais
périr vengé. Mon exaltation ne souffrit
aucun retardement. Je forçai mon adver-
saire à se battre très-sérieusement ; la supériorité que j'avais dans l'art de l'es-
crime me donna bientôt sur lui un si
grand avantage, qu'au bout de quelques
momens il ne se défendait plus qu'en
reculant. Animé par sa fuite, je le pressais
très-vivement, et j'allais lui percer le
sein, quand son frère, effrayé du danger
qu'il courait, se jeta sans précaution
entre nous pour nous séparer. Son action fut si prompte et si mal calculée
qu'il reçut dans la poitrine un coup que
Lorenzo voulait me porter. Il tomba
baigné dans son sang, nous restâmes
tous deux saisis d'horreur à ce spectacle ;
mais le lâche Lorenzo s'enfuyant tout-
à-coup disparut dans le bois. Je me précipitai sur le corps d'Isidro, je visitai sa
blessure qui ne me parut pas dangereuse.
Je déchirai mon mouchoir et ma che-

mise , et je mettais à la hâte un appareil
sur la plaie , quand nous entendîmes la
voix de Lorenzo , qui guidait plusieurs
personnes de notre côté en criant : à
l'assassin !

Fuis , me dit Isidro , ne perds pas un
moment ; il me vient du secours , le tien
ne m'est plus nécessaire à présent. Songe à toi ; je connais Lorenzo , il veut te
perdre, et cet événement ne servirait que
trop bien sa haine. J'entendais répéter
plus près , de moment en moment , l'affreux cri d'*assassin*. Ma tête s'égara ;
j'embrassai mon ami pour la dernière
fois , et , tout éperdu, je m'enfonçai dans
l'épaisseur du bois dont les détours m'é-
taient connus. De là , sans rentrer dans
la ville , je gagnai le chemin de Salamanque par des routes de traverse , et
en évitant les villes et les bourgs que je
n'abordais que la nuit. J'avais sur moi
quelque peu d'argent, prix de sermons
que je copiais pour des ecclésiastiques des
environs. Cette petite somme me suffit

pour acheter du pain dans quelques pauvres villages ; mais, à mon arrivée à Salamanque, ma bourse était épuisée.

Je rencontrai dans cette ville deux jeunes Irlandais catholiques, prêts à partir pour le Portugal, après avoir terminé leurs études à l'Université ; ils s'entretenaient à ce sujet dans leur langue, et parlaient du dessein de se rendre à Porto pour s'embarquer et retourner en Angleterre. Je leur adressai la parole en bon anglais, et je leur offris mes services qu'ils acceptèrent. Je les suivis en qualité de secrétaire. Après quelques mois de séjour à Londres, l'un d'eux reçut l'ordre d'aller rejoindre son père à Paris ; il m'emmena. C'est là que j'eus le bonheur d'être connu de vous et d'entrer dans votre maison.

— Mais ta pauvre mère ? demanda le duc avec anxiété, ta mère, quel fut son sort ?

— Je l'ignorai long-temps, répondit Matias ; les Irlandais que j'avais suivis,

ayant conservé des relations à Salamanque, ils chargèrent, à diverses reprises,
leurs amis de se procurer des renseignemens sur ma malheureuse mère; j'appris ainsi que peu de temps après ma
fuite, elle avait brusquement quitté Valdestillas, et qu'il était impossible de connaître le lieu de sa retraite. Pour comble
de malheur, je fus bientôt instruit de la
mort d'Isidro. On avait d'abord jugé,
comme moi, sa blessure peu profonde,
mais il expira tout-à-coup, étouffé par
un épanchement intérieur du sang.

Ce souvenir douloureux triompha encore une fois de la fermeté de Matias. Il
s'interrompit pour donner un libre cours
à ses larmes, et le bon duc ne put s'empêcher d'y mêler aussi les siennes. Le
récit des évènemens d'Otero de Herreros
acheva la confidence de Matias, et le
duc apprit ainsi qu'il avait retrouvé sa
mère dans l'infortunée dona Isabel. Mais
tous deux s'épuisèrent infructueusement
en conjectures pour deviner comment

Perez se trouvait possesseur de tant de secrets de famille.

—Ah ! s'écria don Matias, que de fois, pendant cette pénible épreuve, je fus tenté de confondre l'insolence de cet effronté coquin en me jetant aux pieds de ma mère pour lui demander de bénir son véritable fils !

— Remercie le ciel, répondit le duc, de n'avoir pas fait une si haute imprudence. Tu devais voir que si cette ruse est favorable à Perez, le même moyen sauve Fernando et qu'il échappe ainsi à la honte d'une accusation criminelle. Laissons passer l'orage, ils vont être mis tous deux en liberté, Perez se hâtera sans doute de disparaître ; il sera temps d'agir alors.

—Malgré le trouble de mes sens, répliqua Matias, cette vue ne m'avait pas échappé, et je voulais, avant tout, m'éclairer des conseils de votre raison.

— C'est toujours agir sagement que de ne rien précipiter, dit le duc ; un seul mot pouvait perdre ton ami et ruiner à jamais nos projets de mariage. En livrant l'intrigant démasqué aux soupçons trop fondés d'intelligence avec les rebelles, tu livrais aussi Fernando, son complice apparent, à l'action de la justice. Tous les regrets ensuite n'auraient pas effacé la tache d'ignominie imprimée sur le nom de Mansilla. L'orgueil du comte a soulevé contre lui beaucoup d'ennemis, qui se seraient montrés lâchement au jour de l'infortune ; et même, en dépit d'un jugement favorable au jeune homme, la méchanceté n'eût pas manqué de persister à déclarer Fernando l'associé de Perez le contrebandier, de Perez le faussaire et le vil intrigant.

Frère d'Elena, il est dans une autre position. Son voyage à Villacastin, la rencontre des brigands, tout enfin, faute de preuves contraires, prend alors une couleur naturelle. La présence même de Fernando, dans cette bagarre, s'explique par sa passion désordonnée pour la jeune

personne. En attendant, rien ne péri-
clite; ta mère et ta sœur sont maintenant dans une position honorable et je
me charge de la rendre sûre. Il faut absolument suspendre toute nouvelle résolution à cet égard, jusqu'à ce que je t'aie
fait part des réflexions que je veux mû-
rir. Voilà ce que je te conseille comme
ami, et, s'il le faut, je te le commande
de toute l'autorité que me donne sur toi
ma vieille raison, mon expérience et
surtout ma tendresse paternelle.

———

●●

CHAPITRE V.

......Elle eût beaucoup mieux fait
De passer son chemin sans dire aucune chose.
Elle tombe, elle grève aux yeux des assistans.
Son indiscrétion de s i perte fut cause;
Imprudence, bâbil et sotte vanité,
Et vaine curiosité,
Ont ensemble étroit parentage;
Ce sont enfans tous d'un lignage.

LA FONTAINE.

Le calme profond et habituel d'Otero de Herreros n'avait été troublé que pendant quelques heures. Dès le lendemain du jour témoin de scènes si bruyantes et si variées, tout y était rentré dans l'ordre accoutumé. Antonia, toujours vaine des honneurs de son mari l'alcade, supportait impatiemment les airs hautains de l'altière Béatrix Lopez, qui continuait à lutter d'importance et de crédit avec la femme du magistrat. L'une et l'autre, profondément blessées des injures reçues, en nourrissaient un vif ressentiment et pourtant toutes deux aspiraient à la paix. Dans ce petit empire, que leurs divisions partageaient, la seule Antonia était digne des augustes confidences de la belle Mexicaine, et quelle autre que Béatrix pouvait faire la société intime d'Antonia Mendez ?

Elles avaient d'ailleurs tant de choses nouvelles à se communiquer depuis la veille, tant de questions à s'adresser ! Les paroles s'amoncelaient dans leur sein, elles en étaient oppressées ; elles souffraient.

Orgueil tyrannique ! Que tu vends cher aux glorieux les vains plaisirs dont tu les enivres ! Ce fut Béatrix qui se résolut la première à fouler aux pieds la superbe ; il est vrai qu'elle avait le plus à dire. Aussi, à peine eut-elle servi le chocolat à ses maîtresses dans leur lit, qu'elle referma les rideaux, leur conseilla de reposer encore une heure, à cause des fatigues de la journée précédente, et s'enveloppant de sa mantille,

elle s'avança, mais lentement et armée
de son éventail, vers la maison de l'alcade. La colère expirait en même temps
dans le cœur d'Antonia. Le repos de la
nuit avait également rafraîchi son sang;
mais si elle se détermina un peu moins
vite à faire les avances, la curiosité l'ai-
guillonnant plus vivement, sa course
aussi fut plus rapide que celle de Béatrix;
en sorte que les deux dames se rencontrèrent précisément à moitié chemin.
La confusion fut égale de part et d'autre.
Mais la commensale du palais des vice-
rois du Mexique, en femme du grand
monde, eût plus tôt maîtrisé son trouble.

— Que votre grâce ne se flatte pas,
segnora, de l'idée que j'allais la voir,
s'écria-t-elle la tête haute.

— Votre grâce, répondit la femme
de l'alcade, en agitant la sienne à la manière moqueuse des Andaloux, votre
grâce pense peut-être que j'allais lui demander pardon?

— La vérité, répliqua Béatrix, c'est

que j'ai senti que je me devais à moi-
même d'aller savoir des nouvelles de la
blessure de l'honnête mari de votre
grâce, du bon Miguel, qui est poli, qui
sait vivre, lui, et qui a des égards pour
moi. — Et moi, segnora, qui n'ignore
pas comme on en use entre femmes bien
élevées, j'allais m'informer de la santé
de votre maîtresse et savoir si la bonne
dame est remise de son saisissement (1).

— La bonne dame est comtesse, Antonia, craignez-vous que le titre de comtesse ne vous écorche la bouche, et igno-
rez-vous qu'on lui doit le traitement de
seigneurie (2) ? Oui, Antonia, continua
Béatrix pour donner à la villageoise
impolie un exemple de la formule

(1) *Susto :* ce mot revient souvent dans la conversation
des Espagnols de toutes les classes. Les événemens extraor-
dinaires, les chûtes, etc., produisent toujours un *susto*
dont on s'informe avec plus d'inquiétude que de la blessure ou de l'accident physique qu'ils ont causés. On
s'alarme des suites du *susto*, on meurt d'un *susto*, etc., etc.

(2) Vuestra Senoria, que l'on prononce par contraction
usia.

à employer désormais ; oui, mi segnora
dona Isabel comtesse de Villamayor
sera fort sensible aux attentions d'Antonia Mendez ; mais je ne pense pas qu'il
faille éveiller sa seigneurie pour que
votre grâce lui présente ses respects.

— Qui parle d'éveiller sa seigneurie,
Béatrix ? dit Antonia d'un ton radouci ;
mais qui aurait jamais pu s'imaginer tout
ce que nous voyons ?

— Moi, segnora ; moi, vous dis-je ;
ne vous ai-je pas conté cent fois que
nous n'étions pas faites pour languir
ainsi dans l'obscurité d'un mauvais petit
village, et que l'on verrait du nouveau...

— Vous saviez donc ?..... — Tout,
segnora, tout, et beaucoup d'autres
choses encore ; mais ce n'est pas au milieu de la rue que l'on peut s'ouvrir et
causer d'affaires de cette importance.
Suivez-moi, Antonia, et en attendant
que je puisse vous annoncer chez sa seigneurie la comtesse, je vous ferai des révélations qui pourront vous surprendre.

Peut-être alors aurez-vous quelque regret à certains mots, que dans votre colère......

— Laissons cela, Béatrix, la vôtre ne m'a guères épargnée; et d'ailleurs, est-on maître de soi parmi tant de bouleversemens?

Tout en parlant, elles se dirigeaient vers la maison de dona Isabel. Béatrix fut très-étonnée de voir, en approchant, un étranger de petite taille, d'un air assez commun et d'une mise fort simple, frapper si matin à la porte. Comme elle avançait la première : segnora, lui dit-il, n'est-ce pas ici la demeure de dona Isabel?

— Vous voulez parler sans doute de sa seigneurie la comtesse de Villamayor? dit Béatrix en se redressant. — Justement, ma fille. — Ma fille! répéta-t-elle enflammée de courroux, ma fille! Il est vrai, l'ami, qu'à ne considérer que ces cheveux blancs et les rides vénérables de ce vieux visage, vous pourriez aisément passer pour mon aïeul; mais je suis bien aise de vous dire, l'ami, que depuis que Dieu a disposé de don Agustin Barbero Lopez et de dona Maria Quintana, mes honorables père et mère, qui sont dans la gloire du ciel, personne sur la terre n'a le droit de me saluer aussi familièrement du nom de sa fille.

Déjà les paysans sortaient en foule de leurs chaumières pour aller aux champs; attirés par les éclats de la voix de Béatrix, ils s'étaient attroupés autour d'elle; et le besoin d'agir sur ce nombreux auditoire ajoutait encore à l'énergie naturelle de la belle Mexicaine.

— Eh bien! honorable segnora, dit l'étranger d'un air railleur, faites-moi, s'il vous plaît, la faveur de m'apprendre si vous êtes de la maison, et si vous pouvez m'y introduire tout à l'heure.

— Je suis de la maison, seigneur, mais vous me ferez bien à votre tour la faveur d'attendre, pour entrer, que sa seigneurie, la comtesse de Villamayor, soit levée.

— Segnora, répliqua l'étranger, je viens pour une affaire pressée. —Eh! de quel part, l'ami? — Mais, de la mienne.

— De la vôtre, s'écria Béatrix, en affectant d'éclater de rire de l'air le plus méprisant. Ah! de votre part, l'ami. Et quel est l'illustre nom que je dois annoncer à sa seigneurie la comtesse?

En ce moment, un beau laquais, en riche livrée, perçant la foule fièrement, s'avança jusqu'auprès du petit étranger, et l'abordant le chapeau bas : Excellence, lui dit-il avec respect, nous avons trouvé un chemin facile pour faire avancer jusqu'ici l'équipage de votre Excellence.

Le valet n'avait pas achevé qu'on vit s'approcher un superbe carosse éclatant de dorures, attelé de quatre chevaux guidés par un cocher magnifiquement vêtu.

— Pépé, dit le petit étranger au valet de pied, cette bonne segnora veut bien m'annoncer à sa maîtresse, dis -lui mon nom.

II.   6

Annoncez, dit Pépé tout glorieux, Son Excellence monseigneur le duc de Berwick et de Liria, comte, duc d'Olivarès, marquis del Carpio.....

— Assez, assez, interrompit le duc.

— Comte de Monterey, reprit Pépé dont l'élan n'était pas facile à comprimer; grand d'Espagne de première classe et...

—Tais-toi, dit le duc de manière à lui imposer enfin silence. » Béatrix foudroyée, immobile, la bouche béante, plus pâle que la mort, demandait à la terre de l'engloutir et de cacher sa honte. Son supplice eût été moins cruel. Hélas ! elle était réservée à des maux plus affreux encore.

— Mais j'y pense, ajouta le duc, puisque votre maîtresse sommeille, laissons-la reposer; je vais aller attendre chez l'alcade auquel j'ai quelque chose à dire.

— C'est mon mari, Excellence, dit Antonia ivre de joie, et je vais conduire chez moi votre Seigneurie illustrissime.

— Fort bien, répondit le duc, mais ma goutte me tiraille un peu, montons en voiture, ma bonne dame, nous irons plus commodément.

Le duc eut à peine parlé qu'un laquais s'empressa de détacher un escabeau qui balançait suspendu derrière la voiture, et le plaça devant la portière qu'un autre valet tenait ouverte ; alors, un troisième avança son bras pour servir d'appui à l'heureuse Antonia que le duc conduisit galamment jusqu'auprès du carosse ; il s'y plaça près d'elle. Antonia était rayonnante ; tant de gloire en présence de tout Otero la ravissait sans doute, mais la douleur de sa rivale était une jouissance encore bien plus douce à son cœur. Parmi toute cette foule de spectateurs en extase, ses regards ne cherchaient que ceux de Beatrix ; ils se rencontrèrent ; quel moment ! D'un côté, toutes les joies de la terre, celle de la vengeance comprise ; de l'autre.... Non, la consternation elle-même n'a pas un maintien plus abattu !

Pour comble de maux, la pauvre Béatrix, déjà privée de la parole, avait perdu jusqu'à ce coup-d'œil impérieux qui dominait la multitude; elle restait complètement désarmée devant le menu peuple, dont les éclats de rire ajoutaient à sa confusion. L'infortunée fit donc retraite, poursuivie par les railleries amères des femmes et les cris joyeux des petits garçons.

Cependant, le duc poursuivait sa marche vers la maison de l'alcade. La veille au soir, dans une seconde conférence avec don Matias, ils étaient convenus de rechercher par quels moyens Perez avait pu se procurer tant de renseignemens positifs sur l'intérieur de la famille de dona Isabel, et sur les particularités qui ne concernaient que Mariano lui-même. Le fourbe, dans son interrogatoire, avait fait allusion à l'événement de Valdestillas et répété une foule d'expressions que Mariano s'était reprochées mille fois depuis, comme autant de blasphèmes, mais qui ne

pouvaient être connues que de sa mère.
Tout cela paraissait humainement inex-
plicable, à moins que dona Isabel n'eût
elle-même instruit de ces détails quelques confidens indiscrets. Don Matias,
ou Mariano, brûlait du désir d'aller lui-
même éclaircir ce mystère à Otero. Mais
le ministre le retint fort long-temps le
soir, et lui prescrivit de se rendre chez
lui le lendemain de grand matin, afin d'y
recevoir des ordres relatifs à ses nouvelles
fonctions à Valladolid, où devaient être
jugés les contrebandiers. Le duc se chargea donc de faire le voyage d'Otéro.
Obligé de retarder sa visite à dona Isabel
grâces aux mauvaises façons de Béatrix,
il voulut mettre à profit cette circonstance en allant interroger l'alcade sur
tout ce qui concernait les relations an-
térieures de Perez avec la famille d'Isabel.
Mais il ne put tirer d'autre éclaircisse-
ment de ce côté, sinon que, selon toute
apparence, il fallait remonter fort au-
delà pour trouver l'origine de cette sin-

gulière intrigue ; le duc en inféra que, le jour où pour la première fois Perez avait paru dans le pays, son plan était déjà tout formé. La conversation de dona Isabel le confirma dans cette fausse opinion.

Le duc trouva cette dame disposée à le recevoir et beaucoup mieux portante qu'il n'avait lieu de l'espérer. Elle voulut avant tout lui faire des excuses sur la manière dont il avait été reçu, et Béatrix, qui n'avait pas osé l'introduire elle-même, se présenta en toute humilité pour obtenir son pardon : certainement, Excellence, lui dit-elle, si j'avais pu me douter que je parlais à un aussi grand seigneur, jamais.......

— Bonne femme, lui répondit le duc, parlez à tout le monde avec honnêteté, et vous ne risquerez pas de retomber dans cette faute ; n'en parlons plus.

Béatrix se retira en prodiguant à reculons les plus profondes révérences.

— Segnora, continua le duc en s'adressant à Isabel aussitôt qu'ils furent

seuls, avez-vous cette femme depuis long-
temps avec vous ?

— Depuis dix ans à peu près.

— Et sans doute vous ne vous êtes pas
refusé la douceur de lui confier vos chagrins ?

— Jamais seigneur ; à quel titre ? et
pourquoi, s'il vous plaît, votre Excellence
m'adresse - t - elle cette singulière question ?

— Eh ! segnora, quelles que soient
mes questions, soyez bien persuadée
que je n'ai d'autre but que de vous rendre
au bonheur que vous méritez si bien. Je
ne puis pas encore vous parler à cœur
ouvert sur un certain chapitre ; mais nous
nous entendrons, soyez sûre que nous
nous entendrons bientôt, que tout se dé-
couvrira, et qu'enfin vous jouirez d'autant de satisfaction que vous avez eu
de peines amères jusque aujourd'hui.
Vous êtes donc bien assurée, segnora,
que cette femme n'a pas pu jaser et que
ce n'est point par elle que ce malheureux

a pu connaître vos secrets et venir ici
réclamer des droits.....

— Ce malheureux est mon fils , seigneur, et votre Excellence oublie.....

— Votre fils est le plus noble et le plus
loyal des hommes , le juste objet de l'estime des honnêtes gens et de la confiance
de son souverain ; un homme enfin , qui
fait honneur à notre Espagne. Mais il lui
importe autant qu'à vous , autant qu'à
moi-même , de connaître ce mystère
d'iniquité qui résiste à tous les efforts de
notre pénétration. Comment ce misérable a-t-il pu reproduire hier devant vous
jusqu'aux expressions mêmes que dans
un autre temps ?.....

— Encore une fois, seigneur duc , les
vôtres sont outrageantes pour mon fils.

— Oui , vous avez raison , je m'oublie, je m'oublie....

— Et après tant d'éloges exagérés
qu'il ne mérite pas, j'ai peine à concevoir que vous lui prodiguiez des injures
qui lui conviennent encore moins.

—C'est vrai, segnora, pardonnez à ma malheureuse tête, et n'écoutez que les paroles que me dicte mon cœur : j'aime tendrement don Matias, le corrégidor de Ségovie, que vous avez vu hier dans cette même chambre, vous rendre les soins d'un véritable fils. Il vous a juré de vous défendre, d'écarter loin de votre tête tous les maux que pourrait attirer sur vous la dépravation de cet homme, de ce polisson...... Mais laissons-le et ne songeons qu'à vous : don Matias occupait une place qui lui donnait des moyens faciles de vous protéger et de déjouer aisément une exécrable intrigue dirigée contre vous......

— Contre moi ! s'écria Isabel épouvantée, et qui donc peut me vouloir autant de mal ?

— Eh qui ? pouvez-vous le demander segnora, quand un pervers, maître aujourd'hui de votre maison, va peut-être y introduire tout à l'heure son ami Fernando, dont il aura bientôt corrompu

les mœurs, et favoriser contre votre innocente enfant les projets les plus criminels ?

— Mais ils sont arrêtés l'un et l'autre,
et ce péril n'est pas imminent au point
que vous semblez le craindre.

— Dans une heure, ils seront libres
de vous nuire et de vous déshonorer.
Matias n'est plus corrégidor de Ségovie.
C'est un certain Félix qui le remplace,
un vrai coquin, ami intime de cet autre
intrigant ; il va le mettre en liberté, et reconnaître hautement ses droits au nom
de votre fils et au titre de comte. Ne doutez pas que don Juan de Silva ne fasse
bientôt appuyer ce bel arrêt de tout le
crédit du favori. Laissons-les faire, les
moyens ne nous manqueront pas pour
démasquer le fourbe, j'ai décidé Matias
à ne rien précipiter.....

— Seigneur duc, dit Isabel, pardonnez à la faiblesse de mon intelligence,
mais votre Excellence me tient un langage
qu'il m'est impossible de comprendre.

Quel est ce fourbe ? et en quoi me concernent les affaires du seigneur don Matias duquel vous avez la bonté de m'entretenir ?

— C'est vrai, je m'égare encore ;
voyons, segnora, procédons par ordre.
Vous savez que cet homme qui se présente aujourd'hui sous le nom de Mariano,
votre fils, n'a été connu jusqu'ici que
sous celui de Perez, le plus franc mauvais sujet des Espagnes, et qui a su per-
suader à Fernando d'enlever votre fille.

—Je l'ignorais, seigneur, et vous m'af-
fligez cruellement.

— Soyez tranquille ; il n'aura plus le
pouvoir de troubler la paix qui vous est
rendue. Le ciel veille sur vous, et Matias
vous honore et vous chérit. Voici donc
ce que je viens vous proposer de sa part,
en attendant qu'il lui soit possible de se
vouer entièrement à votre service : il
vous engage à vous retirer avec Elena
dans le couvent des Carmélites de Ségovie. La supérieure est ma parente; je vous

y conduirai moi-même toutes les deux.
Vous serez là libres comme chez vous. J'ai
connu autrefois à Séville le comte votre
mari, il m'honorait de son amitié. Accor-
dez-moi la vôtre, segnora ; et permettez
qu'en votre nom je me charge de toutes
les démarches et de toutes les avances
nécessaires pour vous réintégrer dans
les biens et dans la dignité qui vous ap-
partiennent légitimement. En attendant,
je me charge d'obtenir de Sa Majesté un
ordre qui contraigne la famille à vous
payer, à titre d'alimens provisoires, une
pension de vingt mille réaux jusqu'à la
décision du procès.

De telles offres étaient de nature à
n'être pas rejetées. Le caractère de fran-
chise du vieux duc inspira d'abord à
dona Isabel la plus grande confiance.
Elle attribua l'obscure ambiguité de ses
paroles à l'affaiblissement de sa raison, à
l'âge très-avancé auquel il était parvenu.
Du reste, elle comprenait que son prétendu fils, tel qu'il s'était montré la veille

à ses yeux, n'inspirât à ce vieillard, modèle d'honneur et de vertu, que des
sentimens d'aversion et de mépris.

Le duc, charmé d'avoir réussi, du
moins dans une partie importante de son
ambassade, insista fortement pour que
dona Isabel profitât du bien-être qu'elle
éprouvait momentanément, et se mit en
route sans délai pour Ségovie. Cette condition fut acceptée. On convint que Béatrix resterait à Otero pour y faire charger le petit mobilier, et l'expédier au
couvent des carmélites. Prête à monter
en voiture, et soutenue par le duc et
par Elena, dona Isabel recommanda
surtout à Béatrix le soin de ses papiers.

— Quels papiers, répondit-elle d'un air
fort étonné ? votre seigneurie doit bien
savoir que j'ignore si elle a des papiers.
Tout est dans le grand tiroir de la table
de sa seigneurie, et la clé n'en a jamais
quitté sa poche.

— Elle a raison, dit Isabel en vérifiant

qu'elle avait cette clé ; je ne me rappelle
pas en effet de m'en être séparée un seul
moment.

— Cette circonstance est d'un grand
intérêt, dit le duc.

— Je n'en sais rien, répondit Béatrix
de l'air le plus indifférent ; mais en tout
cas, sa seigneurie peut rendre justice
à ma discrétion devant son Excellence,
et déclarer que je n'ai jamais rien dit,
ni entendu seulement une parole, au
sujet de ces paperasses.

— C'est la vérité, dit dona Isabel sans
attacher la moindre importance à sa
réponse. Béatrix, au contraire, ravie
d'avoir obtenu cette déclaration devant
témoins, en remercia sa maîtresse avec
affectation et baisa très-respectueuse-
ment la main qu'elle lui tendit. Puis
voyant la foule assemblée de nouveau
autour du carosse, elle eut soin de faire
à haute voix au duc des adieux familiers,
afin de faire connaître au peuple que,

tous sujets de discorde oubliés désormais, la paix était enfin rétablie entre la maison ducale de Berwick et celle de Barbero-Lopez.

CHAPITRE VI.

Notre siècle en fourbes abonde,
Et je ne hais rien tant au monde
Que la plupart de mes amis.

GOMBAUD.

Don Matias, libre enfin de tous les devoirs que lui avait imposés le ministre, se hâta de quitter Saint-Ildefonse. De retour à Ségovie, il trouva don Félix impatient d'être mis en possession de sa charge de corrégidor. Matias termina cette affaire le plus promptement possible, et put enfin, vers le soir, aller chez le comte de Mansilla, rejoindre le duc et s'enfermer avec lui. Tous deux s'étaient promis de garder le plus profond secret sur la découverte d'Otero. Le duc instruisit son ami d'une circonstance nouvelle : après avoir installé dona Isabel et sa fille dans le couvent des Carmélites et

pourvu généreusement à tous leurs besoins, il était allé les revoir; et, dans une
conversation plus calme et plus suivie, il
avait compris aux discours d'Isabel que
depuis nombre d'années elle n'avait pas
cessé d'adresser, dans les divers lieux où
elle pensait que son fils pouvait être, des
lettres fort détaillées sur tout ce qui concernait les intérêts de la famille. Ils con-
clurent de ce fait que sans doute une partie de ses lettres étaient tombées au pouvoir de Perez. Tout s'expliquait ainsi;
les moyens de déjouer cette intrigue de-
venaient faciles; mais ils persistaient
dans l'opinion qu'il ne serait pas besoin
de les employer et que le premier usage
que Perez ferait de sa liberté devait être
de fuir au loin le danger d'être impliqué
dans le procès qu'on allait instruire.

Il fut donc arrêté que Matias, tranquille sur le sort de sa mère et de sa sœur,
les laisserait sous la puissante protection
de la supérieure des Carmélites, et qu'il
irait s'installer à Valladolid dans les fonc-

6.

tions de sa nouvelle dignité. De son côté
le duc appelé par ses affaires à Séville se
proposait d'y faire des recherches pour
connaître la véritable origine de Perez,
afin de mettre au jour sa fourberie quand
le moment de la prouver serait venu.

Cette marche réglée, le duc se mit dès
le lendemain en route pour Madrid dans
le dessein de s'y préparer au voyage d'An-
dalousie. Don Matias fit de tendres
adieux à la famille de Mansilla, et fixa
l'époque où il devait revenir célébrer son
mariage avec Térésa. Il se rendit ensuite
aux couvent des Carmélites, et eut un
long entretien avec dona Isabel et Elena,
dont il ranima le courage et l'espérance.
Toutes deux, charmées de sa douceur et
du langage affectueux qu'il leur adressait, ne pouvaient se lasser du plaisir de
l'entendre. Il persuada Isabel de la néces-
sité de se refuser pendant un certain
temps à toute espèce de communication
au dehors, même avec le fils qu'elle venait de retrouver, afin d'ôter à Fernando

tout prétexte de revoir Elena. Matias l'assura que la famille de Mansilla serait touchée de cette réserve et qu'une conduite aussi prudente disposerait ces esprits irrités à recevoir des impressions plus favorables à son égard. Cet entretien se prolongea jusqu'au moment où l'on vint les avertir au parloir que les portes du couvent allaient être fermées; ce ne fut pas sans répandre des larmes que l'on se sépara; les dames firent promettre à Matias qu'il viendrait bientôt les revoir; lui-même, en les quittant, en prit l'engagement, et leur répéta la prière d'attendre son retour avant d'admettre aucune visite dans leur retraite. A l'instant du dernier adieu, il eut besoin de toute sa force pour résister au désir de leur donner les doux noms de mère et de sœur.

Le jour suivant, Matias prit le chemin de Valladolid par Santa Maria de Nieva, Olmédo et Valdestillas, séjour de son enfance. il voulut revoir la chaumière

qu'il avait si long-temps habitée. Elle
était déserte. Son cœur se serra doulou-
reusement à la vue de ce lieu où il avait
payé de tant d'ingratitude l'amour et les
soins de la plus tendre mère. Mais enfin
il l'avait retrouvée ; il pouvait désormais
en expiation de ses fautes lui consacrer
sa vie, l'employer toute entière à embel-
lir la sienne. Cette idée, sans effacer les
tristes souvenirs du passé, y mêlait du
moins quelque douceur.

Mais Matias n'éprouva que des sentimens amers en portant ses regards sur la
maison des Arenal. Elle était également
inhabitée. L'aspect de ce toit dégradé,
de ce jardin inculte et de l'herbe qui crois-
sait sur le seuil, tout attestait un long
abandon et rappelait le désastre de cette
famille infortunée ; tout accusait l'auteur
de son deuil. Matias détourna la vue. Il
désirait apprendre le sort de don Francisco, inquiet de savoir si ce vieillard
avait survécu à son fils Isidro, et ce qu'é-
tait devenu Lorenzo; mais il n'eut le cou-

rage d'interroger personne. Cependant il
était d'un grand intérêt pour lui de s'assurer s'il était encore à Valdestillas quelques compagnons de sa jeunesse dont il
pût réclamer à propos le témoignage, et
se faire reconnaître au besoin. En traversant la grande rue, couvert de son man-
teau jusqu'au yeux, il eut la consolation
d'apercevoir un grand nombre d'hommes
et de femmes dont les traits et les noms
lui parurent aussi présens que s'il ne les
eût perdus de vue que depuis peu de
jours.

Satisfait de cette épreuve et con-
vaincu qu'il se rappelleraient son propre
souvenir avec la même facilité, il s'empressa de retourner à la *venta*. On s'y
entretenait avec chaleur de sa mère et de
lui. L'histoire de la grande Biscayenne,
racontée par les domestiques de Matias,
excitait vivement l'intérêt des habitans
de Valdestillas; ils se faisaient redire les
événemens d'Otero et s'émerveillaient
en apprenant que cette pauvre femme

était devenue comtesse , et qu'elle avait retrouvé son fils : sujet inépuisable de réflexions et de récits confirmés tour-à-tour ou contredits à grands cris.

Le retour de don Matias calma cette vive agitation, tout le monde se tut à son approche ; il n'entendit pas un mot de ce qui se disait, et qui sans doute lui eût paru digne de son attention. La voiture était attelée ; il y monta sur-le-champ, et suivit le chemin de Valladolid.

Laissons-le galoper sur le chemin royal , et retournons par la traverse à Ségovie, théâtre de gloire pour don Félix. Le premier usage qu'il fit de son autorité fut de mettre en liberté Perez et Fernando, qu'il courut en hâte délivrer à Saint-Ildefonse, et qu'il ramena en triomphe à la ville. Perez ne parut nullement embarrassé de son titre de comte; au contraire, il le portait fort légèrement et avec beaucoup d'aisance. Le nouveau corrégidor le présenta dans les meilleures maisons de la ville, où lui-

même était depuis long-temps accueilli
familièrement. Ces deux amis intimes
s'abhorraient avec une égale fureur ; mais
ils déguisaient avec soin leur haine sous
les dehors de la plus tendre affection.
Cette animosité datait de l'époque où,
l'un et l'autre dans la dépendance de don
Juan, ils se disputaient sa faveur à force
de bassesses et d'ignobles services.

Don Félix, plus habile, laissait à son
rival le mérite d'agir plus que lui ; il gardait l'avantage de mieux flatter. L'un fo-
mentait les vices et les alimentait, l'autre
les excusait et les érigeait même en
vertus, mais en conservant toujours le
ton brutal d'un censeur intraitable. Félix
avait choisi la meilleure part. En effet,
tandis que Perez languissait encore dans
les places subalternes et domestiques,
avec le nom d'ami, l'ancien secrétaire
s'était élevé aux emplois honorables et
lucratifs, et jouissait de la faveur des
grands.

Tous deux se connaissaient à fond ;

juste sujet de défiance et de mépris entre
des méchans. Mais divisés, ils pouvaient
se nuire, et la crainte était le nœud de
leur alliance. Don Félix ne s'abusait pas
à l'égard de la nouvelle intrigue de Perez.
Il savait bien que son titre était supposé,
mais il feignait d'y croire aveuglément et
refusait toute confidence à ce sujet,
comme un homme persuadé ; se réser-
vant à tout hasard le droit de s'avouer
dupe aussi bien que les autres si la comédie était sifflée.

Le faux comte ne savait pas mauvais
gré de cette finesse à son prudent ami ;
au contraire, il ne l'en estimait que mieux
comme habile intrigant, et applaudissait
intérieurement au bien joué. Mais il
prenait soin de lui faire entendre qu'il
démêlait son motif, sans en prendre
d'ombrage. En effet, il ne redoutait aucune indiscrétion de l'ancien intendant
de Saint-Ildefonse, dont les bons offices
avaient si long-temps et si fructueusement
favorisé les spéculations commerciales

de ses associés à travers les défilés du
Sommo-Sierra et du Guadarrama. Don
Félix n'ignorait pas que son bon et fidèle
camarade conservait précieusement des
preuves irrécusables de leur intelligence.
Aussi se montrait-il fort attentif à ne pas
le choquer, et voilà pourquoi, sur sa demande, il s'était empressé de le conduire
dans toutes les sociétés de Ségovie en le
recommandant comme le plus ancien, le
meilleur de ses intimes amis et surtout
comme un gentilhomme accompli. Perez,
selon la conjecture de don Matias, n'avait
pas dessein d'attendre dans cette position
périlleuse l'effet de la procédure criminelle qui se préparait à Valladolid, ni de
courir la chance des révélations de Pépillo dans les tortures. D'ailleurs, le retour
du véritable Mariano pouvait également
renverser toute sa fortune et l'édifice
chancelant de sa grandeur passagère. Il
fallait donc mettre à profit le temps. Cet
événement ne lui avait d'abord paru
qu'une chance heureuse pour sortir

d'un mauvais pas, maintenant il y reconnaissait la base d'une spéculation lucrative; mais il était indispensable de tenter un coup hardi, et de quitter rapidement le jeu avec son bénéfice.

Deux moyens se présentaient à Perez. D'abord, il pouvait irriter la passion de Fernando, le flatter de l'espoir d'épouser Elena, sur laquelle le double titre de frère et de chef de famille lui donnaient de droits. Sous ce prétexte il était facile d'imposer au jeune amant de nouveaux tributs.

Le second moyen consistait à faire grand bruit de l'enlèvement de sa prétendue sœur, de parler de réparations, de provoquer le comte, de l'effrayer par les apprêts formidables d'une guerre à outrance, et de lui faire ensuite acheter la paix au prix le plus élevé.

En méditant profondément sur le choix à faire entre ces deux plans, il s'aperçut que rien n'était plus facile que de les combiner de façon à faire marcher de

front les deux intrigues ; et sans perdre un
moment il mit la main à l'œuvre. Fernando vint de lui-même se jeter dans le filet.
Son premier soin avait été de courir au
couvent des, Carmélites et de demander
au parloir la faveur d'entretenir dona
Isabel et sa fille. Mais on lui répondit de
la part de la prieure que ces dames étaient
en retraite d'après un vœu fait à la Vierge,
et qu'elles ne verraient absolument personne pendant neuf jours. Perez se ré-
jouit beaucoup de cette circonstance
que Fernando venait lui rapporter et qui
le pénétrait de douleur. Le faux Mariano
se trouvait ainsi sauvé de l'embarras
d'explications difficiles avec dona Isabel,
et il espérait bien être déjà loin à l'expi-
ration de la neuvaine.

Calme-toi, Fernando, lui dit-il, tu
seras le mari d'Elena, et je pourrai bientôt
accomplir la promesse que je t'ai faite.
Te rappelles-tu l'étonnement dont je fus
saisi le jour de notre rencontre sur la
route d'Otero, quand tu prononças de-

vant moi le nom de doña Isabel de
Aguilar?

— Oui, je m'aperçus que ce mot te
faisait réfléchir profondément.

— Juge de ma surprise. Je venais avec
le projet de me faire reconnaître de ma
mère, mais je voulais que cette démarche
fut très-mystérieuse par des raisons de
famille que tu sauras plus tard. Je ne
m'attendais guère à la confidence de ton
amour pour ma sœur. Mais, tu dois te
souvenir aussi que, dans ce plan d'enlèvement que je te proposai, mon plan s'ar-
rêtait à votre mariage que je devais
faire célébrer à Villa-Castin.

— Oui, sans doute, et comme c'était
là l'unique but de mes vœux, je n'insistai
pas alors pour connaître le surplus de
tes idées à cet égard.

— Les voici : une fois marié, au l'eu
de poursuivre notre route, nous reve-
nions sur nos pas. L'injuste antipathie
de ma mère pour moi l'eût rendue trop
contraire à nos projets, si elle les eût

connus d'avance ; mais après l'exécution,
elle eût tout approuvé avec joie, en con-
sidérant qu'elle retrouvait en même
temps un fils capable de la défendre
contre le ressentiment des Mausilla, un
fils d'un rang égal à celui du comte
ton père, et de plus appuyé de la faveur
des plus grands seigneurs de la cour. Ce
peu d'argent que tu m'as prêté si galamment, et que je te rendrai jusqu'au dernier maravédi, cette faible somme devait me servir, comme c'est encore mon
projet, à disposer en ma faveur dans les
bureaux ceux qui doivent me remettre
en possession des titres et des biens de
mon père : biens immenses, Fernando,
et dont je veux donner une grande partie à ma sœur pour lui former une dot
qui soit digne de mon nom et de celui
qu'elle va recevoir de toi.

Fernando se jeta dans les bras d'un si
noble frère, et lui jura les larmes aux
yeux que rien ne pourrait jamais effacer

dans son cœur le souvenir de tant de grandeur, et d'une si généreuse amitié.

— Mais, tu connais les hommes, reprit Perez, et tu sais ce qu'il en coûte pour obtenir justice en ce pays. Je suis décidé à ne rien ménager pour atteindre plus tôt ce but légitime que je me propose. Je dois donc faire de grands sacrifices, et avant de terminer l'affaire de ton mariage, il faudra que j'aille perdre beaucoup de temps à Madrid, pour réveiller l'affection de mes amis, et en obtenir les sommes nécessaires.

— Comte, s'écria Fernando avec enthousiasme, n'oublie pas que je suis au premier rang de ces amis, et qu'il n'est pas besoin de stimuler mon zèle. Parle, que te faut-il ?

— Excellent jeune homme ! dit Perez en lui tendant une main, tandis que de l'autre il essuyait une larme hypocrite ; après ce que tu as déjà fait, j'accepterais encore !.... Non, non, et d'ailleurs, j'ai besoin d'une somme considérable.

— Eh! qu'importe, reprit Fernando, je puis trouver ici des fonds......

— Oui, mais lentement, par petites portions?

— Point du tout, nous avons à Ségovie de riches marchands, je puis engager une terre de Valence, faire des billets....

— Ah! voilà des folies que je ne souffrirai certainement pas; faire des billets! engager une terre!... non, mon ami, non, ne compte pas sur ma complaisance à cet égard. Non, du tout, en aucune façon. Cependant, mon bon Fernando, je ne t'en sais pas moins bon gré de ce mouvement.... Au fait, ajouta-t-il d'un air de réflexion, il ne s'agit que d'un prêt de quelques mois, et avec deux ou trois cent mille réaux, j'aurais au-delà, mais beaucoup au-delà de mes besoins actuels......

Quoi! douze ou quinze mille piastres seulement, reprit Fernando avec feu, sois tranquille, mon cher comte, cette somme, dis-tu, peut te suffire pour replacer le frère de mon Elena dans le rang qui lui appartient! Rassure-toi, te dis-je, mon ami, mon bon frère, nous pouvons avoir cet argent sans que tu t'éloignes de nous. Je te garantis quinze mille piastres.

— C'est beaucoup, c'est trop même, dit Perez, cependant, puisque tu dis que nous pouvons avoir facilement la somme.......

— Oui sans doute; mon bien de Valence est libre, je le possède en toute propriété par testament, et je touche à ma majorité.

— Eh bien! vois, mon bon Fernando, consulte-toi..... Je te ferais pour cette valeur des billets, ou bien un contrat, à ton choix, et je pourrais agir sur le champ, mais il faudrait se hâter. Je voudrais déjà te mener à l'autel et faire le bonheur de ma sœur en couronnant tes vœux. Allons je m'y résous, ayons ces quinze mille piastres.

— Tu les auras, tu les auras, j'espère, aujourd'hui même, s'écria le jeune homme, je cours chez les principaux négocians de la ville, dans un moment je t'apporte une réponse; adieu, le meilleur des amis et des frères.

— Attends un peu, dit le fourbe en le retenant, ce nom de frère m'impose la loi de t'ouvrir mon cœur tout entier, et je vais te parler sans réserve. C'est un secret de la plus haute importance; mais tu es sage et prudent et je puis tout te confier. Parvenu enfin à connaître la retraite de ma mère, je venais réclamer à la cour la protection de don Juan de Silva, pour être remis en possession de ma fortune et de mon nom. Je trouvai cet ancien et tendre ami dans les alarmes les plus cruelles. Égaré par des conseils pervers et surtout entraîné par le besoin d'argent, il s'était intéressé dans les affaires très-lucratives de ces malheureux contrebandiers. Un traître, long-temps ignoré et que nous avons connu depuis, ce Pedro, que j'avais pris par hasard à mon service à Madrid, découvrit la marche de ses complices. Don Juan frémissait d'être accusé par Pépillo de cette trahison. La vengeance de cet homme cruel pouvait être terrible, il fallait donc le désabuser. J'ai accepté cette mission périlleuse; elle pouvait me coûter la vie; mais tu as eu toi-même la mesure de mon dévoûment quand il s'agit de servir un ami.

Fernando lui serra la main vivement; Perez continua : — Pour favoriser cette entreprise, don Juan me donna une feinte commission pour le duc de Hijar, son frère, et me prêta un carrosse à ses armes. Toutes ces dispositions étaient arrêtées quand je te donnai rendez-vous à la jonction des deux routes sur le bord du bois..... Tu sais le reste.

— Mais, objecta Fernando avec hésitation, ces paquets que j'ai aidé moi-même à charger dans ce chariot couvert? — Ces paquets avaient été déposés dans la maison même de don Juan pendant son absence, tu sais qu'il était arrivé de la veille seulement à Saint-Ildefonse, et, quant au chariot, c'est toi-même qui me l'as indiqué à Otero, et je n'imaginai de m'en servir que pour ôter tout moyen de transport à ma mère qui voulait s'éloigner. Quant aux faux renseignemens que je te donnai sur la marche de don Matias, je fus trompé moi-même par le traître de Pedro.

— Tout est dit, répliqua Fernando, cette franche explication efface jusqu'à l'ombre des soupçons que Matias avait élevés dans mon esprit. — Fort bien, dit Perez, il m'importait beaucoup de te faire connaître les motifs honorables qui me jetèrent alors dans les dangers que tu as partagés, et j'ai dû ne rien te cacher: juge-moi maintenant.

Fernando loua de nouveau la belle âme et le courage de son ami, qui repoussa modestement ses éloges, mais qui profita de cette ouverture pour lui faire comprendre qu'un homme aussi loyal, aussi religieusement fidèle à tous les devoirs de l'amitié, offrait une grande garantie morale pour tous les engagemens d'argent qu'il consentait à prendre.

Le jeune imprudent sortit donc animé d'un véritable enthousiasme pour le caractère du comte de Villamayor, et décidé à sacrifier sa fortune tout entière, s'il le fallait, pour servir un si galant homme.

Amoureux, confiant, inexpérimenté, le fils n'avait été que trop facile à surprendre; mais pour vaincre le père, ce n'était pas assez de toute l'habileté de Perez. Il réclama les secours de son allié Félix, et leurs forces combinées vinrent présenter la bataille au comte de Mansilla. Elle fut vive et acharnée. Le comte était froid et dédaigneux, il méprisait profondément Perez. Ni ce nouveau titre, auquel il croyait pourtant, ni cette noblesse improvisée ne déguisaient à ses yeux le bas intrigant et le mauvais sujet.

Si l'idée d'une alliance avec Elena, pauvre et sans nom, révoltait l'orgueil de Mansilla, Elena sœur d'un homme vil et pervers lui paraissait mille fois plus odieuse encore. C'est dans ces termes qu'il venait de s'en expliquer avec Fernando, et il se promenait seul, à grands pas, dans son cabinet, encore ému de cette scène, quand on lui annonça don Félix et le comte de Villamayor.

— Seigneur comte, dit Mansilla pâlissant de fureur, je ne m'attendais pas à l'honneur de votre visite.

— Ni moi, comte, je vous jure, répondit Perez avec plus d'arrogance encore; j'étais loin de penser que votre seigneurie attendît que je la prévinsse.

— Quel langage est-ce là, Villamayor? s'écria don Félix avec une feinte indignation. Est-ce avec des sentimens de haine et de vengeance que vous veniez ici? Avez-vous pensé que le premier magistrat de Ségovie consentît à autoriser par sa présence les excès qu'un pareil

début me fait craindre? Et vous, Mansilla , deviez-vous faire cet accueil déso-
bligeant à un gentilhomme que je présente chez vous?

Perez et le comte prenant ensemble la
parole : Taisez-vous l'un et l'autre , dit
don Félix du ton le plus emporté, et
en couvrant leurs voix de ses cris : c'est
moi qui suis insulté maintenant, et c'est
à moi seul que vous avez tous deux affaire. Vous m'avez mis au point de n'a-
voir plus rien à ménager, et je vous dirai
nettement ce que je pense. Vous êtes or-
gueilleux, Mansilla. Et sur quoi s'il vous
plaît se fonde tant d'orgueil? ajouta-t-
il avec une fougue toujours croissante ;
moins sur votre naissance et sur vos richesses, je le sais, que sur une grande
supériorité de lumières et sur des talens
incontestables. Votre vie est noble et
sans reproche , vous avez l'estime géné-
rale , les pauvres vous bénissent , les
grands vos égaux vous prennent pour
modèle , et votre roi a daigné descendre

jusqu'à vous... voilà tout pourtant, voilà tout... de la modestie, seigneur comte, de la modestie, morbleu!

Et vous, Villamayor, d'où vous viennent ces airs vainqueurs que vous affectez ici? qui vous donne tant d'assurance? une illustre origine? à la bonne heure, on ne la conteste pas. Votre valeur? elle est connue, aussi bien que le funeste avantage d'être maître passé dans l'art de tuer un homme en combat singulier; trente exemples de ces honorables assassinats fondent vos droits à cette gloire détestable que je ne vous envie pas. Vous vous sentez encore appuyé de la protection de tout ce que la cour a de puissant et d'illustre, et le duc de la Alcudia vous montre de l'amitié. Je dirai plus, continua don Félix en redoublant de véhémence, j'avoue que vous méritez toutes ces faveurs. Mais que nous importe, seigneur comte de Villamayor? tout cela ne nous impose pas. Nous savons vous dépouiller de tout cet éclat emprunté, et

ne vous chérir et ne vous estimer que
pour vos qualités personnelles que chacun avoue. Quant à cette bravoure si
redoutable, je saurai bien, comme magistrat, vous empêcher d'en faire ici la
sanglante épreuve.

— Vous n'empêcherez rien, seigneur
corrégidor, répondit Perez avec calme,
les affaires d'honneur né sont heureuse-
ment pas soumises à votre juridiction.

— Ainsi, dit Mansilla, c'est un cartel
que le seigneur de Villamayor vient
m'apporter en personne chez moi?

— Nullement, comte, répliqua Perez,
je vous crois beaucoup trop raisonnable
pour me pousser à cette cruelle extrémité; l'outrage fait à ma famille exige
une grande réparation, mais n'en con-
naissez-vous point qui convienne mieux
à tous deux qu'un combat à outrance?

— Assez, assez, dit impétueusement
don Félix, ce n'est ici ni le moment, ni
le lieu d'une pareille explication. Je n'ai
entendu m'entremettre dans cette affaire

que pour favoriser le rapprochement de deux hommes dignes de se connaître, il n'était question que d'une visite de bienséance, d'une entrevue paisible sous les yeux d'un ami commun. Vos emportemens hors de saison ont excité les miens, je vous ai dit de dures vérités, je ne m'en repens pas ; je souhaite seulement que vous en fassiez votre profit. Mais enfin c'est trop de querelles ; revenons à la raison, et rappelons la dignité qui convient à tous trois.

— La raison et la dignité, reprit gravement Perez, me commandent de réclamer sur-le-champ du comte de Mansilla une réponse cathégorique à cette question toute simple : consentez-vous au mariage de don Fernando avec ma sœur, à laquelle il a fait un outrage, devenu l'entretien du public ?

Mansilla, hors de lui, se préparait à répondre à cette insolente provocation, mais don Félix se hâtant de le prévenir : Arrêtez, lui dit-il, c'est à moi de repous-

7.

ser cette attaque brutale qui doit me blesser autant que vous. Ainsi donc, seigneur
de Villamayor, je suis votre jouet! et
vous prétendez, malgré ma juste répugnance, me mêler dans vos affaires de
famille. Vous feignez d'ignorer l'engagement pris par le comte de Mansilla
envers la marquise de Canizarès, vous
le savez pourtant fort bien; mais, dites-
vous, tout n'est-il pas rompu par le fait
de l'enlèvement public de ma sœur par
Fernando? La parole du comte se trouve
ainsi dégagée naturellement, et sans qu'il
ait pris la moindre part à l'événement
qui le délie; son honneur est donc à
l'abri de tout reproche. Fort bien, ob-
jectera le comte, mais que deviennent
alors mes projets d'élévation et d'agrandissement de fortune? à cela votre réponse
est prête, et je vous entends d'ici : « Ma
maison, répliquerez-vous, n'est ni moins
noble, ni moins opulente que celle des
Canizarès, et je prétends faire pour le
mariage proposé des sacrifices dont la

valeur surpasse la dot qu'apportait Matilda ; » je ne doute pas que vous ne soyez même prêt à prouver qu'une alliance avec vous offre des avantages que l'on chercherait en vain dans celle que vous rompez ; vous direz que ce mariage est agréable à don Juan de Silva , et aux familles de Hijar et de Berwick ; vous ajouterez que la noblesse de cour, à laquelle vous tenez par mille relations de parenté, est à la source des faveurs qui vont désormais pleuvoir sur les Mansilla; n'êtes-vous pas allé jusqu'à me déclarer que vous avez des moyens assurés de faire obtenir au comte la grande croix de l'ordre de Charles III , et l'entrée au conseil des ordres ?...

— Oui, sans doute, répondit Pérez, et je n'hésite pas à prendre cet engagement.

— Beau mérite en vérité! avec les protections que je vous connais ! reprit Félix en s'animant de plus en plus. Eh! seigneur de Villamayor, je vous accorde aussi ce point, et vous trouverez au be-

soin bien d'autres raisons en votre faveur, cent fois plus séduisantes encore ;
mais, je vous le répète, c'est votre affaire
et point du tout la mienne, je ne m'ingère
pas dans ce qui ne me regarde en rien.
Cependant je ne puis plus me déguiser
que vous aviez compté sur moi pour
vous faire valoir ; ainsi, seigneur don Mariano, ajouta-t-il avec un surcroît de
furie, ainsi vous vous seriez flatté de
l'idée que j'étais votre homme ? moi votre
homme, morbleu ! ni le vôtre, ni celui
de personne, entendez-vous ?

Don Félix paraissait en effet entraîné
par une passion si véhémente que Mansilla, étonné de cette sortie, ne trouvait
plus d'expression pour sa véritable colère, et l'écoutait muet d'étonnement.
Perez, de son côté, modérait son feu
pour donner plus d'éclat au rôle du corrégidor, qui prenant alors un ton solem-
nel dit en s'adressant aux deux adver-
saires : seigneurs, s'il existe en effet entre vous quelque sujet de plainte légitime

et réciproque comme rapt, séduction ou provocation insolente, quel que soit celui des deux qui s'adresse à mon tribunal, justice lui sera rendue au nom du Roi : c'est là , mais là seulement que je puis vous entendre.

Puis, s'animant de nouveau, comme s'il ne pouvait plus maîtriser son indignation , il saisit Perez par le bras : en attendant, continua - t - il, avec une voix tonnante, sortons d'ici , seigneur comte de Villamayor , vous êtes brave , vous êtes terrible, plongez, si vous l'osez, votre épée dans le sein d'un homme qui ne sait pas farder la vérité ; mais vous n'aurez pas le pouvoir de le détourner jusqu'au dernier moment de ses devoirs de magistrat et d'ami.

— Seigneur de Mansilla, dit Perez sans sortir du calme qu'il avait affecté pendant toute cette scène , je sais entendre ce langage de l'honneur et de la vertu, et je cède à leur ascendant, je souhaite que mon exemple ne soit pas perdu pour vous.

— Marchons, marchons, reprit brusquement Félix en l'entraînant, voilà bien des paroles.

Ils disparurent, et le comte, agité de mille pensées, courut s'enfermer pour méditer sur cette singulière visite.

———

CHAPITRE VII.

N'envions que l'humble sagesse,
Seule, elle fait notre noblesse,
Le vice notre indignité;
Par-là se distinguent les hommes;
Et que fait à ce que nous sommes
Ce que nos pères ont été?
LA MOTHE.

PAS un seul des coups que les deux fripons avaient portés à Mansilla n'était resté sans effet. Le comte, accoutumé depuis long-temps aux douceurs d'une vie calme et pleine de dignité, se voyait tout à coup menacé d'un procès scandaleux et d'un combat mortel. Le débat judiciaire, dont l'arbitre devait être don Félix, effrayait encore plus son imagination que le duel avec un spadassin avide de sang et de carnage. Vain, méthodique et paresseux, de quelque manière que Mansilla dût être arraché violemment à ses tranquilles habitudes, la souffrance lui semblait égale, et le choix était un supplice.

Le comte, dans l'âge mûr, conservait presque tous les avantages de la jeunesse. La beauté de sa figure paraissait altérée plutôt par les chagrins que par le ravage des années, et sa taille était encore admirable. Un grave ecclésiastique élevé à la dignité de prieur du couvent des Hiéronimites *del Parral*, près Ségovie, l'avait amené fort jeune de Sarragosse dans cette ville, et l'y avait présenté sous le nom de don Angel de Balbastro. C'était celui d'une maison aragonnaise fort illustre et de laquelle était le nouveau prieur.

Voilà tout ce que l'on savait du jeune homme ; le vieillard mourut peu de mois après leur établissement à Ségovie. Don Angel, que la comtesse douairière de Mansilla recevait avec bonté, continua de fréquenter sa maison. On s'étonnait que cette dame si fière reçût familièrement un étranger sans titre et à peu près sans fortune ; tandis qu'elle éloignait de chez elle une foule de jeunes gens des premières familles de la province et même de Madrid, lesquels aspiraient à la main de dona Francisca, fille unique de la comtesse, et l'héritière du titre et de l'immense majorat de Mansilla. Ce mystère ne tarda pas à s'expliquer. Dona Francisca, frappée de la beauté vraiment extraordinaire de don Angel, avait conçu pour lui la passion la plus vive, et la mère, qui ne vivait que pour sa fille et l'aimait aveuglément, accorda son consentement à ce mariage disproportionné. Le bel Aragonais fut donc bientôt mis en possession de la personne et de la fortune de dona Francisca, et le roi permit qu'il prît le titre de comte de Mansilla.

Depuis ce temps, la conduite de don Angel n'avait jamais offert, même à ses envieux, l'occasion de blâmer le choix de la comtesse. Mari fidèle, bon père, noble et honorable dans toutes les actions de sa vie, il ne semblait occupé que du

bonheur de sa femme, et pourtant elle
était bien loin d'être heureuse. L'ardente
passion de Francisca n'était point payée
de retour. Jamais de tendres caresses ne
prévenaient les siennes; pour tant d'a-
mour, don Angel ne rendait que de la
reconnaissance et de l'estime. Jamais un
moment d'abandon, de confiance, ne li-
vrait à Francisca le cœur de son mari;
elle le voyait oppressé par un secret douloureux, mais il niait qu'il en eût un.
Comme tout le monde elle s'étonnait de
la profonde mélancolie empreinte sur
les traits d'un homme dont la vie semblait si douce et la destinée si heureuse.

Un seul défaut, l'orgueil, obscurcissait
l'éclat de tant de belles qualités, et l'u-
nique passion du nouveau comte était
l'agrandissement et l'élévation de sa famille. Aussi n'était-ce pas sans répugnance
qu'il avait consenti à promettre sa fille à
don Matias; il ne cédait qu'aux instances
du duc de Berwick, accompagnées des

plus belles promesses de faveurs et d'a-
vancement ; et il se consolait par la certitude de marier son fils , à la noble et
riche héritière du nom de Canizarès.

Pouvait-il maintenant, sans la douleur
la plus amère, renoncer aux avantages de
cette illustre alliance pour en contracter
une avec la famille de Perez ? Perez ! un
misérable chargé de souillures , d'ailleurs
très - pauvre et par là même dans l'im-
possibilité d'attaquer avec avantage le
possesseur actuel des biens et du titre
auxquels il aspirait. Son cœur se révoltait à cette seule pensée , et il n'eut pas
besoin de réfléchir long-temps pour pré-
férer à tant d'humiliation le danger et
même la honte d'un combat avec cet
homme avili. Le comte se résolut donc
à attendre l'effet des menaces dont on
avait prétendu l'effrayer. En conséquence
il manda sur-le-champ Fernando, et lui
intima l'ordre de se préparer à épouser
dans trois jours la jeune marquise de
Canizarès, ou bien à partir sans délai

pour rejoindre sa compagnie à Cartha-
gène. Les intrigans, avertis de cette disposition inattendue, en furent un moment
déconcertés. Ils avaient beaucoup compté
sur la terreur dont ils croyaient avoir
rempli l'âme de Mansilla. Le procès,
alternative qu'ils lui avaient présentée,
était difficile à entamer ; Perez avait pris
part à l'enlèvement d'Elena ; comment
se porter accusateur d'un délit dont il
était le complice ? D'un autre côté, en
dépit de tout ce que le corrégidor avait
publié de l'humeur martiale et des
triomphes du prétendu comte de Villamayor, l'intrigant n'était en effet qu'un
poltron, et ne se souciait nullement d'en
venir aux mains. Aussi bien, à quoi bon
cette levée de boucliers ? L'argent était
le seul but qu'il se proposait. Enfin, la
position des alliés était fâcheuse ; un incident imprévu leur rendit tout à coup l'a-
vantage. Don Félix, pour nourrir sa complaisante misanthropie, était allé gron-
der, à sa manière, la marquise de Cani-

zarès. Il lui reprochait avec brusquerie
d'être beaucoup trop jeune pour songer
à établir déjà sa fille, au risque d'être
grand-mère à l'âge où l'on peut encore
prétendre à plaire et à se marier soi-
même. La marquise se défendait, mais
mollement, d'une si grave imputation,
et dans le fait, elle avait un peu plus de
cinquante ans.

— Taisez-vous, disait-elle en minau-
dant, taisez - vous, méchant don Félix ;
moi, trop jeune ! moi, songer à plaire !
ma figure ne me défend que trop bien
d'un semblable reproche.

— Votre figure ! répondit le corrégidor en se fâchant, votre figure est tout-
à-fait d'accord avec votre conduite.
L'une et l'autre accusent également le
défaut d'expérience. Mais quelle raison
attendre d'une femme de trente ans ?

— Trente ans ! s'écria la marquise en
riant, plût à Dieu, don Félix; quoi ! vous
trouvez réellement ?......

— Eh ! morbleu, répliqua le corrégidor avec emportement, je dis ce que je vois, je n'en fais pas le fin, et j'ignore l'art de vos galantins de marchander la vérité. Tant pis pour qui n'aime pas à l'entendre. Oui, segnora, trente ans, et votre façon d'agir ne confirme que trop le témoignage de mes yeux ; aller choisir un étourneau comme ce Fernando, pour l'unique héritière des biens du marquis de Canizarès et de la beauté de sa mère ! Un insolent dont les dédains outragent votre fille et vous-même ! Rompez, marquise, rompez avec éclat tous les nœuds qui vous attachent encore à ce jeune fou et à sa famille.

— Avec tout votre esprit, don Félix, vous déraisonnez sur cette affaire que vous ne connaissez pas ; le choix que vous me reprochez n'est pas de moi ; je ne puis rompre l'engagement pris par le feu marquis mon mari, et qui résulte d'un acte authentique. On a même pris soin de stipuler un dédit réciproque et très-considérable.

— Un contrat, un dédit, tout cela est-il bien en règle ? demanda don Félix ; avez-vous là les pièces ?

— Oui, sans doute, dit la marquise en allant les chercher dans une pièce voisine.

Voyons cela, continua don Félix, je suis versé dans ces matières de loi, et je pourrai peut-être découvrir dans la rédaction de l'acte quelques nullités favorables à vos intérêts.

La marquise lui remit une liasse de peu de volume qu'il parcourut avec attention : je ne comprends rien à cela, dit-il, après un moment d'examen, le comte actuel de Mansilla est de la famille aragonaise de Balbastro, et le contrat que vous me donnez est signé Angelo de Ternay.

— En effet, répondit-elle, j'ai entendu parler de cela, je crois que ce nom est un titre du Piémont et qu'il a hérité de sa mère ; vous devez savoir qu'elle était italienne, et que lui-même est né à Rome.

Au reste, voyez, examinez à votre aise, dit en s'en allant la marquise, que cette investigation n'intéressait plus du tout, depuis que don Félix cessait de lui faire un crime de son extrême jeunesse et de sa beauté.

Après quelques momens, le corrégidor quitta le cabinet en déclarant que tout était fort en règle et qu'il n'y voyait rien à redire. Dès qu'il fut rentré chez lui, il se hâta de mander Perez. — Mon ami, s'écria-t-il avec joie en courant à sa rencontre, notre jeu s'est bien embelli depuis un moment. Avez-vous souvenir de notre séjour à Rome, à l'époque de nos voyages en Italie avec don Juan de Silva ?

— Fort bien, répondit Perez ; malgré les quinze années qui nous séparent de cette époque, je me rappelle les moindres détails de ce que nous y avons vu et entendu.

— En ce cas, vous n'avez pas oublié l'histoire d'une certaine marquise de Ternay, dont s'entretenait toute la no-

blesse romaine, quoique ses aventures
ne fussent plus récentes alors.

— Oui, sans doute, et votre mémoire
se rappelle comme la mienne que nous
prîmes plaisir à composer sur ce sujet
une nouvelle qui fit l'amusement de don
Juan ?—Justement, reprit le corrégidor
transporté de joie, je viens d'en retrouver une copie ; venez, nous allons la re-
lire ensemble ; j'y puis mettre aujour-
d'hui des notes qui ne manqueront pas
de vous sembler piquantes.

Les deux amis s'enfermèrent et passèrent toute la soirée enfermés tête à
tête. Le lendemain, ils passèrent encore la journée à travailler ; et vers le
soir le corrégidor, après avoir fait demander au comte une entrevue, se rendit à son hôtel et fut introduit dans un
cabinet particulier où Mansilla l'attendait non sans quelque agitation.

— Mon cher comte, lui dit-il en entrant, j'ai à me plaindre de vous ; l'hé-

roïque modération que vous nous avez
opposée hier a encouragé l'audace de
don Mariano et mes propres violences.
A votre place, j'aurais fait jeter à la porte
et le comte de Villamayor et le corrégidor de Ségovie.

— Il est inutile, don Félix, de rappeler cette scène désagréable , répondit
froidement le comte ; et je suis impatient
de connaître le sujet de la visite dont
vous m'honorez aujourd'hui.

— D'abord, reprit Félix, c'est le besoin
de vous déclarer, mais avec réflexion et
de sang-froid, que je ne veux absolument
pas me mêler de ces tristes débats entre
vous et Mariano. J'ai d'ailleurs la convic-
tion qu'ils s'arrangeront bientôt à votre
satisfaction réciproque. Qu'il n'en soit
donc pas question en ce moment, et pas-
sons à l'objet important qui m'amène.
Une affaire qui concerne ma charge m'o-
blige à me livrer à des informations d'une
nature fort délicate. J'espère trouver au-

près de vous quelques renseignemens qui me mettent sur la voie de ma principale recherche.

Mansilla lui fit signe qu'il lui prêtait beaucoup d'attention. Don Félix, assis vis-à-vis de lui, les yeux effrontément fixés sur les siens, étudiait sur sa physionomie l'effet des paroles qu'il lui adressait lentement.

—Avant tout, mon cher comte, faites-moi la grâce de me dire si mes souvenirs ne me trompent pas : il me semble que le feu marquis de Canizarès assurait que vous avez été élevé en Italie ?

—Il est vrai, répondit le comte un peu troublé ; à quoi tend cette question ?

— C'est que l'évènement dont il s'agit s'est passé en Italie, à l'époque précisément où vous deviez être encore à Rome et à Naples, où le marquis prétendait que vous êtes resté jusqu'à l'âge de vingt-deux ans environ.

— Il a dit vrai, répliqua le comte avec une émotion visible.

— Les époques coïncident donc parfaitement, continua don Félix ; maintenant voici le fait : un homme titré s'est fait une foule d'ennemis par son orgueil insupportable ; il tire surtout vanité de très-grandes richesses et d'un beau nom qu'il ne tient pas de ses pères ; mais on semblait du moins fondé à le croire Espagnol et bon gentilhomme. Ces deux points ont été vérifiés ; il reste prouvé que le glorieux n'a réellement aucun droit à la considération publique dont il est si jaloux. On a découvert que son origine est étrangère et sa naissance ignominieuse ; enfin on sait qu'il a exercé une profession avilissante.

Le comte avait d'abord rougi jusqu'aux yeux ; maintenant la pâleur de la mort était sur son front ; don Félix, après avoir un instant considéré le désordre effrayant de ses traits, continua de parler en le perçant de ses regards :

—Un seigneur d'un grand nom, très-appuyé à la cour, d'un caractère résolu,

capable surtout de se porter aux plus re-
doutables excès , prétend avoir à se
plaindre du personnage dont je vous entretiens. Ce seigneur a fait quelque séjour à Rome et à Naples ; il a recueilli
dans ces deux villes des renseignemens
et des notes, d'après lesquelles il a com-
posé l'histoire des aventures de son ennemi ; dans le ressentiment qui l'anime,
il veut livrer au public cette piquante relation et me demande mon avis là-dessus.
Je blâme le dessein, et je n'ai pas voulu
lire l'ouvrage dont il m'a remis une copie. La voici : je voudrais que vous pris-
siez la peine d'y jeter les yeux. Il se
peut que vous ayez été témoin des évènemens qui font la matière de ce récit ; si
vous le jugez faux, la publication serait
sans danger et je ne m'y opposerais plus;
mais dans le cas où l'histoire vous sem-
blerait conforme à la vérité , vous sentez qu'elle serait fatale à la réputation de
cet homme, assez à plaindre pour placer tout son bonheur dans la vaine gloire

dont il s'entoure. Supposons donc la relation fidèle; s'il en était ainsi, j'irais trouver cet infortuné....... Vous ne m'écoutez pas, comte de Mansilla, et vous semblez fort agité?

— Ce n'est rien, don Félix, répondit le comte en balbutiant.

— Je vous assure, mon cher don Angel, répliqua le corrégidor, que votre état est plus alarmant que vous ne pensez. Vous souffrez certainement, votre visage est décomposé, et vos dents se heurtent comme dans les frissons de la fièvre.

— Une légère indisposition, répliqua le comte en affectant de sourire, n'y faites aucune attention, je ne perds pas une de vos paroles.

—J'irais donc trouver ce pauvre diable si digne de pitié, je lui ferais connaître le danger qui le menace et lui montrerais Madrid, la Cour, l'Espagne entière prêts à retentir du bruit de son ridicule désastre. Cette multitude de gens res-

pectables qu'il n'a pas craint d'humilier,
il se les représenterait riant à leur tour de
le voir abaissé. Je ne doute pas qu'alors,
pour peu que la douleur lui laissât de raison, le malheureux ne s'empressât d'offrir à un ennemi si redoutable tous les
genres de satisfactions qu'il jugerait le
plus propres à l'apaiser.

Adieu, mon cher Mansilla, continua
don Félix en se levant, voici le cahier
que je vous laisse, méditez, je vous prie,
sur cette lecture. Demain je viendrai
vous demander quel effet elle aura produit sur votre esprit.

Le corrégidor était déjà loin, et le
comte, pétrifié, restait encore sans mouvement à la place où il l'avait laissé. Que
de souvenirs cette scène venait de réveiller ! Une passion funeste avait autrefois décidé du destin d'Angelo, et le sub-
juguait encore. Dans l'impuissance de la
vaincre, il s'efforçait du moins de cacher
à tous les yeux et ses combats et sa faiblesse. La main la plus légère, quand

elle essayait de soulever les voiles d'un secret aussi délicat, déchirait la blessure de son cœur; il s'indignait de cette tentative comme d'une profanation.

Qu'on juge de la douleur âcre et cuisante que venait de lui faire éprouver le langage brutal de Félix! Avec quelle barbarie le cruel s'était joué des peines mystérieuses de ce cœur honnête et tendre; des regrets d'un amour malheureux, qu'une si longue absence n'avait pas eu le pouvoir d'affaiblir! Ce sentiment était toujours le premier dans son âme, l'ambition n'y occupait que la seconde place.

Mais enfin ces deux grands intérêts de sa vie étaient menacés à la fois. On voulait avilir sa personne et dévoiler l'objet de son culte secret; tourner en dérision, livrer à l'insultante moquerie une suite d'infortunes sans exemple, dont la seule pensée, après vingt ans écoulés, serrait son cœur de détresse et remplissait encore ses yeux de larmes. Deux fois il porta la main sur le manuscrit de don

Félix, et deux fois il le repoussa en frissonnant. Mais enfin, maîtrisé par un intérêt plus puissant que sa répugnance, le comte fit fermer les portes de son appartement et donna l'ordre que personne n'y pénétrât jusqu'au lendemain.

Seul, et certain alors de n'être pas interrompu, il prit le funeste cahier et lut tout d'un trait ce qui suit.

8.

CHAPITRE VIII.

Les vertus devraient être sœurs
Ainsi que les vices sont frères.
Dès que l'un de ceux-ci s'empare de nos cœurs,
Tous marchent à la file, il ne s'en manque guères.

LA FONTAINE.

LE marquis de Ternay, chef d'une famille originaire de la Savoie, avait épousé l'une des plus riches héritières du Bugey, et s'était établi dans cette province. Sa femme mourut jeune, et lui laissa deux fils en bas âge. L'aîné devant succéder aux titres et aux biens de la maison, le marquis résolut de faire embrasser au second le parti de l'église, avec l'espoir d'obtenir pour lui un canonicat du chapitre noble de la cathédrale de Lyon, dans lequel son frère puîné remplissait une des principales dignités. En conséquence, dès qu'il eut atteint sa dixième année, Philippe de Ternay fut envoyé

dans cette ville, afin de recevoir une
pieuse éducation sous les yeux de cet
oncle, désigné dans la famille sous le
nom du comte de Lyon : c'était le titre
que portaient alors les chanoines deSaint-
Jean. L'honnête ecclésiastique aimait
sincèrement son neveu ; mais l'intérêt
qu'il lui portait n'alla jamais jusqu'au
point de troubler les douces habitudes de
sa vie toute sensuelle. Il était trop con-
séquent pour accepter les charges de la
paternité, dont il se refusait les bénéfices.
Aussi, pourvu que l'enfant fût exact à
l'heure des repas, il était assuré de ne
jamais recevoir de réprimandes ; son caractère indocile et fougueux se développa
donc sans la moindre contrainte. Liber-
tin et joueur avaut l'âge, il fréquentait la
plus mauvaise compagnie de la ville ;
son père, averti de tant de désordres, vint
à Lyon, et s'assura que le jeune homme
ne serait jamais propre à l'état auquel
il l'avait destiné. Le marquis, instruit
de quelques aventures scandaleuses de

Philippe, et du mauvais effet qu'elles avaient produit parmi les honnêtes gens, craignit avec raison que ce fils indigne de lui ne déshonorât son nom dans sa patrie adoptive. D'après cette considération, il l'envoya en Italie, adressé à l'un de ses parens, colonel au service du roi de Sardaigne. Le marquis le priait de faire obtenir à Philippe un grade dans son régiment, et de l'y traiter avec toute la rigueur qu'autorisait la discipline militaire, pour le maintenir dans la voie de l'honneur et du devoir.

Les soins du colonel n'eurent aucun succès. Philippe n'avait pas dix-huit ans, et déjà son caractère indomptable et sa perversité le rendaient également odieux à ses camarades et à ses chefs. Le colonel le fit passer à Florence sous prétexte d'avancement. Sa conduite y fut également répréhensible. Il s'y maintint cependant deux ans dans une position équivoque. Son courage brutal, quelques duels heureux, imposaient silence aux officiers que l'esprit de corps engageait d'un autre côté à dissimuler une partie de ses torts ; mais l'indignation publique n'attendait qu'une occasion pour éclater; elle s'offrit bientôt, et l'explosion fut terrible:

Le marquis de Ternay son père était attendu à Florence pour y contracter un mariage fort avantageux avec une parente éloignée. Philippe fut en conséquence admis dans la maison de cette jeune personne. Il parvint à la séduire ; la honte de l'infortunée fut connue, le mariage rompu, et la victime de Philippe enfermée dans un couvent, où elle prit le voile. Le scandale de cette aventure se répandit dans toute l'Italie, et Philippe, chassé de Florence, fut contraint de chercher un refuge au fond de la Sicile. La famille l'y laissa languir plusieurs années dans un rang subalterne de l'armée. Mais le parent de Turin, se laissant enfin désarmer, lui rendit sa protection et l'aida même de ses richesses à obtenir une compagnie de cavalerie de la garde du roi de Naples.

Dans ce lieu de délices et de corruption, Philippe se livra sans frein à tous ses vices. L'habitude de la vie la plus dissolue acheva bientôt d'avilir son âme ; et son corps se ressentit aussi de cette dégradation. La paresse et l'abus de la bonne chère et du vin avaient épaissi sa taille outre mesure. La colère et les convulsions du jeu sillonnaient sa figure enlaidie de rides prématurées, son dos était voûté, sa tête dégarnie de cheveux. C'est dans cet état qu'un soir, après la sieste, Philippe de Ternay se présenta chez la vieille Suzanna, dont nous allons faire la connaissance en causant avec elle.

— Fi, fi ! mamma Suzanna, fi ! nous voilà brouillés pour la vie.

— Qu'avons-nous de nouveau, seigneur don Philippe? Vous savez bien que je ne réponds de rien ; si l'on vous a trompé, ce n'est pas mon affaire. Voilà bien comme vous êtes tous ; c'est d'abord ma chère Suzanna ! ma bonne petite Suzanna ! Suzanna de mon cœur ! si tu réussis, je te couvrirai de plus d'or et de joyaux qu'on n'en voit briller sur la châsse de saint Janvier : moi, innocente et serviable, je vais, je viens, je me travaille, je donne tous mes soins à vos affaires, et quand enfin je parviens à vous contenter, deux ou trois mauvais ducats et des *fi ! mamma Suzanna !* sont toute ma récompense.

— Ta, ta, ta...... mamma mia, vous vous enflammez comme le Vésuve. Vous sentez que vous êtes dans votre tort et vous voulez rompre les chiens. Il ne s'agit pas de ce que vous avez fait, bonne Suzanna, c'est ce que vous avez négligé de faire, dont je me plains aujourd'hui. Qu'est-ce que c'est, s'il vous plaît, qu'une nièce de votre seigneurie qui a débuté hier au théâtre *dei Fiorentini*, et dont vous ne m'avez jamais parlé ? — Cette nièce ?... c'est... eh bien ! c'est ma nièce.

— Vous mentez, mamma mia, vous m'avez toujours dit que, si le ciel vous eût affligée d'une famille, vous auriez donné frères et sœurs pour n'avoir ni père, ni mère, mais que Dieu vous avait épargné le chagrin de lui offrir cette alternative, enfin, que vous ne connaissiez aucun parent.

— Je vous dis que c'est ma nièce, et que cela vous suffise. Je n'ai de compte à rendre à personne, je crois. Mais où donc sont mes gens, continua-t-elle en élevant la voix ? Genaro...

— Signora ! répondit en entrant un grand laquais de bonne mine. — Va me chercher un sorbet au café de la Méridienne. — Si signora. — Comment dia-ble, dit Philippe, comment Suzanna un laquais, Dieu me pardonne !—Eh! pourquoi pas ? s'il vous plaît. Holà ! Gaétano !

— Signora, répondit un second laquais avec empressement. — Va, cours après Genaro, et dis-lui de commander en même temps douze massepains. — Si signora. — Douze gros. — Si signora. — Et qu'on les mette sur le compte de la personne que l'on sait.

— Ah! ah! reprit Philippe, deux laquais! et un compte ouvert au café de la Méridienne!

— Eh bien! que trouvez-vous de surprenant à ce qu'on ait deux laquais? Vos comtesses et vos marquises en ont bien cinq ou six; valent-elles mieux que nous? en avez-vous une seule qui soit comparable à ma nièce, et croyez-vous que son joli visage romain ne figurera pas mieux dans une calèche, que leurs vilaines faces napolitaines.

— Comment donc, une calèche aussi?

— Certainement, seigneur don Philippe, et ce soir je la conduis à la *villa reale* avant d'aller à l'opéra, où nous avons une loge aux troisièmes. Il ne faut pas songer aux premières, ni aux secondes, car toutes ces femmes de qualité sont si enragées après celles-là, qu'elles se pas-

seraient plutôt de chemises, et préfére-
raient n'avoir à dîner qu'un plat de macca-
roni assaisouné de fromage de Sardaigne,
pour qu'il leur restât de quoi payer une
bonne loge au théâtre de Saint-Charles.

—Mamma Suzanna vous perdez de
vue ce que je vous demande.....

—Elles sont belles vos napolitaines avec
leurs tailles plus plates, et leurs bras plus
maigres... Avez-vous entendu les cris
d'admiration quand ma nièce a paru ?
c'est une femme cela, c'est beau, c'est
frais, c'est blanc et rose... Ah mon Dieu!
qu'il fait chaud, et l'on me laisse mourir
de soif ! est-ce que ces faquins-là ne re-
viendront pas ? c'est ce Calabrois de Génaro qui s'amuse à bavarder avec les lazzaroni. Ah ! les voici. Donnez-moi donc
ce sorbet, et qu'on aille me chercher un
grand verre d'eau glacée chez le petit
marchand sous ma fenêtre, qu'on lui dise
que c'est pour la signora donna Suzanna
la romaine, et qu'il y verse deux gouttes
de jus de limon : allez.

— Maintenant, dit Philippe, et pendant que vous dépêchez votre sorbet, vous entendrez du moins mes questions, et j'espère mamma Suzanna que vous me ferez la grâce d'y répondre.

— C'est assez de mamma, capitaine, et le mot de signora, qui ne vous coûtera pas plus d'effort, est beaucoup plus convenable avec une femme comme moi.

—Signora, donna, et même signorina, si vous le désirez, je veux savoir tout à l'heure ce que c'est que cette nièce. — C'est pourtant ce que je ne vous dirai pas, seigneur capitaine. — Suzanna, nous aurons du bruit. — Comment du bruit chez moi ! vient-on faire ainsi du scandale chez les femmes honnêtes ? faut-il que j'appelle mes gens ? — Tu te feras châtier, mamma mia. — Me châtier, s'écria-t-elle avec fureur! Gaétano, ... Génaro, ... Parler de la sorte à donna Suzanna ! Génaro ! Gaétano ! Ils entrèrent tous deux à la fois ; mes enfans, leur cria-t-elle, jetez-moi cet homme-là dehors.

Philippe interrompit un moment le rire auquel il s'abandonnait, en se roulant sur un grand sopha, et regardant de travers les deux marauds : avancez, leur dit-il, si vous voulez partager cent coups de canne.

— *Eccellenza*, répondirent ces vrais Napolitains en s'inclinant fort bas; *Eccellenza*, commandez à vos serviteurs.

— Vous êtes des faquins, s'écria Suzanna, et vous ne saurez jamais servir des femmes comme il faut. Je vous chasse, drôles que vous êtes, si vous n'obéissez pas tout à l'heure.

— Suzanna, reprit le capitaine, c'est assez rire et si tu ne te hâtes pas de me dire où tu as trouvé cette nièce-là, je vais te corriger sur ton balcon, avec ma houssine, devant tous les *lazzaroni* de la rue de Tolède, et j'entre ensuite dans la chambre pour questionner moi-même cette mystérieuse merveille.

— Allez, répliqua Suzanna, je sais que vous êtes assez mal appris pour en agir comme vous le dites ; on va vous satisfaire, brutal que vous êtes. Sortez, mes enfans, dit - elle à ses gens, je vous pardonne cette fois, mais souvenez - vous bien qu'à l'exception du capitaine, qui est mon ami, il faut toujours vous empresser de jeter par la fenêtre les hommes que je vous désigne.

— Si signora, dit Gaétano en lui baisant respectueusement la main qu'elle lui tendait en signe de réconciliation.

— Allons, baise - la aussi Génaro ; grand sauvage, dit - elle en lui donnant un petit soufflet sur la joue, quand il se baissa pour remplir le devoir qu'elle venait de lui imposer ; c'est tout neuf, ajouta Suzanna, avec ses vingt ans et ses six pieds, cela ne sait pas encore un mot du service des dames. Je te déniaiserai, nigaud, je te formerai, mon beau géant de Calabre ; va, mon fils, et dis qu'on m'apporte un verre de vin de *Lacryma-*

Christi, car après des émotions comme celles-là, si l'on ne se raffermissait pas un peu le cœur.... — Si, signora. — Va, va, mon garçon, dit-elle en le suivant d'un regard caressant. Ah çà ! capitaine, continua Suzanna en s'armant de nouveau de toute sa fierté ; vous êtes un homme affreux.

— Au fait, mamma Suzanna, au fait !

— Au fait, ma nièce est une romaine de bonne famille qui intéresse beaucoup le majordome du légat de Sa Sainteté, et elle ne souffre les visites de personne. Ainsi.....

— Par le sang de Saint-Janvier, s'écria Philippe, elle souffrira les miennes ou j'y perdrai mon nom. Je la verrai, Suzanna, quand ce serait le légat lui-même qui prendrait à elle tant d'intérêt.

— Que la reine des Anges me protège ! dit Suzanna en se signant, je ne vous ai pas dit un mot de cela.

— Eh bien ! je le dis moi, et nous verrons, si son Éminence....

— Taisez - vous impie, pouvez - vous
bien soupçonner un saint homme !

— Allons, dit le capitaine en s'échauf-
fant, puisqu'il y a des majordomes et des
nonces dans la danse, j'y veux entrer
aussi. Ouvre - moi cette porte tout à
l'heure.

— Jamais, jamais ! cria Suzanna.

— Ouvre, te dis-je, ou je te donne
vingt coups de canne et je vais l'enfoncer.

Vous me tuerez plutôt, dit la vieille en
élevant la voix. Clara, fermez bien la
porte en dedans ; je vais appeler du secours, crier à l'assassin, ameuter toute la
ville.

Le capitaine que la moindre contra-
riété enflammait de rage, écarta violemment Suzanna de la porte, qu'il enfonça
d'un coup de pied. Elle le retint en s'ac-
crochant à ses habits et en poussant de
grands cris. Le capitaine la renversa, et
comme, à travers tous ses défauts, il
avait la qualité de tenir religieusement

sa parole, il lui donna rapidement les vingt coups de canne promis, et, ce devoir accompli, il entra dans la chambre. Clara toute tremblante s'était réfugiée sur son balcon et appellait du secours à grands cris. La populace si nombreuse et si fainéante à Naples, s'assemblait en tumulte devant la maison.

Le capitaine s'empressa de rassurer Clara : Ne craignez rien, Signora, lui dit-il, je ne ferai pas un pas de plus, et je vais me retirer à l'instant si vous l'ordonnez ; mais je ne puis croire, comme l'affirme cette femme, que vous refusiez la visite de Philippe de Ternay, gentilhomme français, et capitaine dans les gardes du roi Ferdinand ; ni que vous préfériez aux hommages respectueux qu'il demande à mettre à vos pieds, ceux d'un faquin de majordome....

— Qu'appelez-vous faquin? dit en entrant impétueusement un petit homme rouge comme une cerise, et tout aussi rebondi; de quel droit usez - vous de violence dans cette maison, et en brisez-vous les portes?

— Et massacrez - vous les femmes? ajouta Suzanna, en se tordant les bras; mais la garde vient, on en fera justice, il sera pendu, c'est un brigand; à l'assassin! à l'assassin! » En effet la foule qui avait pénétré jusque dans les appartemens, s'écartait avec peine pour laisser passer les soldats, qui se faisaient jour en frappant de droite et de gauche avec la crosse de leurs armes.

Je le tiens, criait le petit homme en saisissant Philippe au collet. — Par ici, disait Suzanna, il veut assassiner, le seigneur Giaccomo, le majordome de son Éminence le..... — Paix, interrompit Giaccomo, voulez-vous bien vous taire... — Enfans, dit le capitaine aux soldats d'un ton de commandement, et en repoussant le majordome d'un bras vigoureux, chassez toute cette canaille et entraînez la sorcière au corps de garde.

Le sifflet du décorateur n'opère pas au théâtre des prodiges plus rapides. La scène changea tout à coup à la voix du capitaine. La tempête qui grondait autour de lui se calma subitement ; les flots du peuple s'écoulaient de tous côtés, tandis que l'altière Suzanna, tombée à genoux entre deux soldats, implorait leur pitié; le petit homme avait pâli, et les lazzaroni fuyant devant les baïonnettes évacuaient la rue de Tolède. Ce triomphe si facile et si complet amollit la colère du magnanime Philippe de Ternay, et la joie, rentrant dans son cœur, y ramena la modération et la clémence.

Laissez la Bohémienne, enfans, dit-il aux soldats, prenez ce ducat et buvez à ma santé. Allez ; et toi, mamma Suzanna, souviens-toi que ta camarade Rosaura vient, par ma protection, de faire le tour de la ville à rebours sur un âne, et qu'elle a été fouettée de verges avant d'entrer à l'hôpital.

Philippe n'ajouta rien à cette citation

historique, et laissant à Suzanna le soin
d'y mettre des notes, il lui commanda de
reconduire les soldats et de fermer ensuite soigneusement la porte.

— A présent, monsieur le majordome,
à nous deux, lui dit-il; je vous prie de
me déclarer si c'est en votre propre et
privé nom que vous honorez cette maison de vos visites? ou si c'est en effet de
la part de son Eminence.... — Seigneur,
dit Clara tout-à-fait rassurée, je ne sais
qui a pu supplier le roi de m'envoyer le
secours que je reçois en ce moment, et
que sa majesté vous a sans doute ordonné
de venir m'offrir; mais jamais il ne pouvait arriver plus à propos, puisqu'il ne
me restait de recours que dans le désespoir. Cependant je déclare devant le seigneur Giaccomo, que je n'avais encore
fait aucune plainte. — Je ne viens pas de
la part de sa majesté, ma charmante signora, répondit le capitaine, mais puisque ma protection peut vous être utile,
je m'estime trop heureux de vous de-

mander vos ordres, et tant que vous dai-
gnerez m'employer à votre service, soyez
assurée que personne dans le royaume
ne vous offensera impunément.

— J'accepte vos offres avec reconnaissance, dit vivement Clara, et je vous conjure, seigneur, de me faire rendre, avant
tout, aux soins de ma nourrice, et reconduire dans la maison que j'habitais avec
elle avant d'être livrée à Suzanna, qui
m'est justement odieuse; je ne suis pas
ici en sûreté.

— Qu'est-ce que j'entends, seigneur
Giaccomo, reprit le capitaine en fron-
çant le sourcil? des violences, un enlèvement! Voilà une affaire qui aura des
suites fâcheuses pour vous ou pour celui
que vous savez.....

— Ce n'est pas mon dessein, interrompit Clara, et je ne suis pas assez ingrate
pour désirer qu'il arrive le moindre mal
à mes bienfaiteurs. Je suis sûre que le
seigneur Giaccomo est lui-même très-fâ-
ché de tout ce qui vient d'arriver, et qu'il

va me reconduire à la maison que j'oc-
cupais avec ma bonne Marina ; c'est tout
ce que je demande en ce moment.

— Je veux vous y accompagner, reprit le capitaine, et je vais faire approcher une voiture.....

— J'ai la mienne à deux pas, interrompit le majordome, mais avant de la faire
avancer, je conjure Clara de considérer..

— Rien, rien, dit-elle, je dois sortir
de cette maison tout à l'heure.

— Il suffit, lui répondit le capitaine,
vos volontés vont être exécutées ; et
quand vous serez dans la compagnie de
la femme respectable que vous redeman-
dez et sous ma protection, croyez que le
sacré collége tout entier....

— Seigneur, dit Giaccomo, parlons
avec respect des princes de l'église et ne
mêlons pas les choses sacrées à nos querelles mondaines. La signora Clara de
Balbastro est une fille noble, d'origine
espagnole, et je suis son tuteur. Il n'est
pas de puissance au monde qui puisse la

soustraire à mon autorité qu'elle reconnaît elle même. Je ne me refuse pas à lui donner la satisfaction qu'elle paraît désirer avec tant d'ardeur ; ainsi, seigneur capitaine , votre intervention devient maintenant inutile pour terminer nos débats , et......

— Non , s'écria Clara , très- agitée, non , Giaccomo , vous n'ignorez pas que la protection de ce seigneur m'est plus utile que jamais, et je la réclame avec instance.

Philippe, l'ayant de nouveau tranquillisée, donna l'ordre que l'on fit avancer la voiture de Giaccomo. Clara montra beaucoup d'effroi en s'appercevant qu'elle était attelée de quatre chevaux, et demanda à Giaccomo quel était son dessein en faisant préparer cet équipage.

— Probablement , répondit Philippe, en remarquant le trouble du majordome, le seigneur Giaccomo vous avait complaisamment disposé une partie de campagne dans quelque jolie retraite des environs, loin du bruit et surtout des secours, mais ne craignez plus rien de ses projets, montez sans crainte dans cette calèche, je vais m'y placer à côté de vous et le seigneur Giaccomo voudra bien nous suivre à pied. Maintenant, signora, où voulez-vous qu'on vous conduise ?

— Au palais *Rocca Romana*, répondit-elle, rue *Monte-di-Dio*. — A la porte de mon quartier, dit joyeusement le capitaine ; c'est à merveille ; marche, cocher, et si tu dévies d'une seule ligne de ce chemin, je te jette en bas de ton siége.

Ils eurent bientôt franchi la courte distance qui séparait la maison de Suzanna de celle où logeait la nourrice de Clara. La bonne femme la reçut avec des cris de joie dans un appartement fort élégant, dont elle ne songeait guères à faire les honneurs au capitaine, tant elle était occupée du plaisir de revoir sa chère enfant.

— Êtes-vous ici en sûreté, signora ? lui demanda-t-il. — Je n'en sais rien, ré-

pondit Clara , en regardant avec inquiétude le majordome qui venait d'arriver
en courant, et ne pouvait parler, tant il
était essoufflé.

— Il suffit, dit le capitaine , je vais
placer deux soldats dans votre rue. Ils y
resteront en observation jour et nuit , et
il vous suffira d'appeler du secours par
cette fenêtre pour en recevoir à l'instant.
Je viendrai bientôt prendre vos ordres,
et malheur à qui oserait désormais vous
faire la moindre offense.

En annonçant ainsi son prochain retour à Clara , Philippe lui baisait la
main, et la serrait avec ardeur en lui faisant des signes d'intelligence qu'elle ne
comprenait pas; il sortit ensuite en jetant sur le majordome des regards fu-
rieux et menaçans.

CHAPITRE IX.

Pour chasser de sa souvenance
L'ami secret,
On se donne de la souffrance
Sans nul effet.
Une si douce fantaisie
Toujours revient;
En songeant qu'il faut qu'on l'oublie,
On s'en souvient.

MONCRIF.

La belle Clara, le jour de son début,
avait fait sur les sens usés de Philippe
une impression toute nouvelle pour lui.
Il ne connaissait encore que les désirs;
et les femmes vulgaires, qui seules jusqu'alors les lui avaient inspirés, igno-
raient l'art des résistances. A la vue de la
belle Romaine, l'âme flétrie du débau-
ché s'étonna des sentimens qui l'agitaient;
c'était un mélange de tendresse et de respect. L'espérance de plaire colorait tout-
à-coup le visage de Philippe, il pâlissait
un moment après de la crainte d'être

9.

méprisé. Enfin il sentit son cœur battre pour la première fois ; et l'invasion de cette passion funeste, qui devait lui coûter le jour, fut aussi rapide que ces maladies mortelles qui nous frappent pleins de vie et de santé, et nous terrassent du premier coup.

L'intrépide Philippe de Ternay, qui se riait des obstacles et bravait toutes les rivalités, timide maintenant, tremblait à l'idée seule de déclarer son amour ; il s'effrayait en pensant qu'un seigneur jeune et riche pouvait avoir déjà trouvé grâce aux yeux d'une enfant. Il n'osa même interroger personne à ce sujet, et se retira promptement chez lui pour former des plans, et méditer une lettre passionnée. Il en écrivit un grand nombre dont pas une ne le satisfit ; la fièvre enflammait son sang et ne lui laissa pas un moment de sommeil pendant toute la nuit.

Le lendemain matin, le capitaine parcourut tous les cafés, tous les lieux de réunion publique, et fut surpris de l'indifférence que l'on s'emblait affecter à l'égard du grand évènement qui l'occupait tout entier. Personne ne s'entretenait de la merveille qui l'avait enchanté. Il pensait pourtant que la conversation ne pouvait pas avoir d'autre objet. On parlait bien dans les groupes, de l'opéra de St.-Charles, des ballets et des danseuses, mais tout le monde paraissait ignorer le début remarquable du théâtre *Dei Fiorentini*. Philippe fut obligé d'en donner le premier son avis.

— Oui, dit négligemment un officier, c'est la nièce de Mamma Suzanna ; j'ai eu la velléité de m'occuper de cette enfant, mais en apprenant qu'elle est à si mauvaise école, j'ai renoncé tout-à-fait à ce dessein ruineux.

— Parle-t-on...., demanda Philippe en cherchant à commander à son trouble, sait-on si quelqu'un se mêle déjà des affaires de cette petite personne ?

— Ma foi, répondit le jeune homme, ce sera le premier sot qui voudra se li-

vrer au pillage. Suzanna est de race hé-
braïque ; elle a un vieux ressentiment
contre les seigneurs chrétiens.

— Vous le savez mieux qu'un autre,
dit un petit vieillard, vous, capitaine
Philippe, qu'autrefois elle rançonna si
vivement à Florence, à l'époque de cette
aventure dont on fit tant de bruit. Suzanna ne ménage pas même ses meil-
leurs amis, elle met les gens à feu et à
sang.

Le capitaine affecta de sourire au souvenir de la scélératesse qu'on lui rappelait, et dont les suites lui furent si fatales:
Oui, oui, dit-il, j'ai payé cette folie là
bien cher.

— Fi ! capitaine, quel langage est-ce
là ? reprit le vieillard, la terre a-t-elle
assez de trésors pour payer tout ce que
la complaisante Suzanna mit alors en
votre possession ? Je ne parle pas de son
propre cœur, quoiqu'elle soutienne encore à tous venans que c'est à vous qu'il
dut ses premières émotions. Mais enfin

sa maîtresse qu'elle vous livra si traîtreu-
sement, je me rappelle fort bien de l'a-
voir vue, c'était la plus belle personne de
l'Italie.

— Comment, demanda l'officier, Suzanna servait alors dans la maison della
Croce ?

—Oui, répondit le vieillard, sa grande
prétention est d'avoir été l'innocence
même, et la domestique la plus fidèle de
cette respectable famille, jusqu'à l'époque où le beau Français, comme on
nommait alors Philippe, laissa tomber
sur elle un regard de bonté. Depuis ce
temps, elle ne rougit plus que de la honte
d'avoir perdu tant d'années dans la pra-
tique de ces stériles vertus, tandis qu'en
suivant les leçons du capitaine....

— C'est la vérité, seigneurs, interrompit le pervers d'un air de triomphe ; Suzanna, l'illustre Suzanna, ne compte encore que dix-huit ans de gloire; avant
cette époque ce n'était qu'une petite fille
imbécile et niaise. C'est à moi qu'elle

doit ses talens, sa richesse et l'immense considération dont elle jouit. J'ose donc me flatter..... Philippe, craignant de trahir son secret, s'arrêta tout-à-coup, balbutia quelques mots indifférens et changea de conversation.

C'est alors, que satisfait des renseignemens obtenus, il se rendit chez son ancienne amie Suzanna, et qu'il eut avec elle l'entretien auquel nous avons assisté, et dont la suite amena la délivrance de Clara.

Cet évènement qui la replaçait sous la surveillance de l'honnête Marina ouvrait naturellement à son libérateur l'entrée de la maison; et un service aussi important donnait à l'amoureux Philippe l'espoir d'y être bien accueilli. Il ne se possédait pas de joie. La libéralité de son parent de Turin venait de le délivrer d'anciens créanciers, il pouvait donc faire de nouvelles dettes sans trop de difficulté; et puisqu'on lui donnait l'assurance qu'il n'avait aucun rival parmi les jeunes gens de Naples, il ne doutait pas que l'argent et sa bonne mine ne lui soumissent aisément une élève de Suzanna.

Aussi, à peine eût-il fait les dispositions défensives annoncées à Clara, qu'il se hâta d'aller lui déclarer qu'elle était désormais à l'abri de tout danger. Le capitaine, pour prix de ces premiers soins, osa lui demander le récit des évènemens qui avaient provoqué la scène dans laquelle il venait de jouer un rôle. Clara lui raconta tout ce qui suffisait à satisfaire sa curiosité, mais elle tint en réserve plusieurs circonstances de cette histoire qui ne sont pas sans intérêt ; la voici toute entière :

« Née à Rome de parens espagnols, elle avait perdu sa mère en recevant le jour ; son père, officier dans la garde du souverain pontife, était mort quelque temps après sans fortune. Le sort de la pauvre Clara eût été déplorable sans la généreuse pitié d'un cardinal compatriote auquel on parla de son malheur. Il la fit élever avec un soin tout paternel sous les yeux de Giaccomo, nommé par lui tuteur de l'enfant, et qui ne négligea rien pour donner à l'orpheline les talens les plus brillans.

Pendant ses premières années, on amenait souvent la petite au palais, où son protecteur lui témoignait par des caresses et de légers présens la satisfaction qu'il éprouvait de ses succès. Le cardinal était un grand amateur de musique ; il donnait souvent des concerts où chantaient les virtuoses les plus célèbres de l'Italie, et auxquels était invitée la plus brillante société de Rome. Clara dans sa quinzième année y fit l'essai de ses talens ; ce début fit une grande sensation, et l'on ne célébra pas moins la beauté ravissante de la pupille de Giaccomo que l'éclat et la prodigieuse étendue de sa voix. Une seconde épreuve lui fut encore plus favorable.

De ce moment, l'orpheline cessa de

paraître au palais. Mais Son Éminence prenait la peine d'aller elle - même voir sa petite protégée dans une nouvelle maison que Giaccomo eut l'ordre de louer dans un quartier retiré, et de faire meubler avec beaucoup de goût et de recherche.

Clara s'aperçut alors, non sans quelqu'étonnement; que les éloges du cardinal avaient changé d'objet. Ce n'étaient plus les talens et l'assiduité au travail que le prélat louait; il lui faisait compliment de ses grâces et de sa beauté, il commençait à remarquer l'élégance de sa parure. Giaccomo, de son côté, lui parlait de la reconnaissance qu'elle devait à ce bon seigneur, et lui faisait observer qu'il était jeune encore et qu'il avait bonne mine; mais l'honnête tuteur supprimait les instructions paternelles sur le soin de conserver intacts et l'honneur et la réputation.

Marina, que les mêmes remarques avaient fort alarmée, vit bientôt toutes

ses craintes confirmées par une ouverture
du majordome. La bonne femme, d'une
dévotion sincère, ne voyait de sûreté
pour l'orpheline que derrière les grilles
d'un cloître ; qu'on juge de son effroi
quand Giaccomo lui enjoignit de disposer
l'esprit de sa pupille à goûter les distrac-
tions et les plaisirs du siècle ; il voulait
qu'on l'habituât par la fréquentation des
promenades et des spectacles à connaître
et à aimer le monde où ses talens devaient, disait-il, la faire figurer avec
beaucoup d'éclat. Cet ordre fut d'abord
exactement suivi, mais on n'eut pas lieu
de s'apercevoir pour cela que les projets que l'on avait conçus en fussent de-
venus d'une exécution plus facile. Giaccomo reprocha durement à la nourrice la
sévérité trop rigide de ses principes ; et
finit par lui commander de préparer la
jeune fille à écouter la proposition d'un
traité, qu'elle devait accepter, sous peine
de perdre les bonnes grâces de son illustre protecteur.

La résistance énergique de Marina fit reculer Giaccomo. Il fut obligé d'entamer lui-même la négociation qu'elle refusait hautement d'entreprendre. Le majordome put alors s'assurer que la jeune personne opposerait au succès des desseins qu'il formait une force qu'elle n'empruntait pas des conseils de sa nourrice, mais qu'elle puisait dans une âme élevée, et dans un cœur nourri de l'amour des vertus.

Un ecclésiastique d'une piété éclairée la dirigeait depuis l'enfance. C'était un Espagnol, que le repentir de ses fautes avait amené de l'Aragon jusqu'à Rome, en habit de pélerin. Là, désabusé du monde et dans un âge avancé, il s'était voué à la vie monastique, résolu à mourir, par pénitence, loin d'une patrie qu'il aimait assez pour la regretter amèrement au sein de la délicieuse Italie.

Le père Policarpo s'émut à la vue d'une Aragonnaise noble et belle, dont le père, autrefois son ami, était allié de sa famille.

Tous les sentimens de la jeunesse se réveillèrent à la fois dans le cœur du vieillard et l'agitèrent encore délicieusement. Il remercia Marina d'avoir placé l'orpheline sous sa direction, et lui promit de ne jamais l'abandonner.

Policarpo s'attacha donc particulièrement à fortifier cette jeune âme contre la séduction du vice et contre les coups de l'adversité. Sans la distraire des études futiles qu'on lui imposait, Marina par son ordre l'instruisait à des travaux utiles, propres à lui donner l'indépendance ; il prévoyait le cas très - probable où l'on voudrait plus tard mettre un prix aux soins que coûtait son éducation.

Bientôt cette crainte devint une certitude pour le bon religieux, comme pour la simple nourrice ; et Policarpo jugea que le temps était venu de faire connaître à sa pénitente toute la profondeur de l'abîme que le vice et la perfidie creusaient sous ses pas.

Clara dans son enfance avait souvent

montré le désir d'embrasser la vie religieuse, mais le saint homme la détour-
nait toujours de cette résolution. Il
connaissait trop bien, pour l'avoir vu
de près, l'intérieur des couvens de filles ;
et justement effrayé pour elle des dangers
de ce long martyre du cloître, il s'efforçait de l'en affranchir. Quoique Espagnol
et moine, la rectitude de son esprit l'a-
vait conduit à douter du mérite, aux
yeux de Dieu, d'une lutte de toute la vie
contre la nature, pour tenir un serment
qu'elle repousse ; triste combat où la
victoire est sans honneur et la chute si
criminelle et si dégradante. Policarpo
craignait de se charger des conséquences
de ces vœux irrévocables arrachés à la
jeunesse avant qu'elle puisse comprendre
les obligations qu'elle s'impose ; et déci-
ment il voyait plus de chances favorables
au salut de Clara dans l'accomplissement
des devoirs de mère de famille.

Cependant, à l'aspect d'un péril plus
imminent, les idées du père Policarpo

venaient de changer à cet égard. Il ne
pouvait plus méconnaître dans Giaccomo
un valet sans pudeur, un intrigant très-
délié ; et quelques traits de la vie du maître qu'il servait faisaient redouter au
religieux , pour sa pénitente , un genre
de persécutions contre lesquelles il ne
voyait de refuge assuré qu'au pied des
autels. Il développa donc sans ménage-
ment à la jeune fille les motifs qui devaient la décider à prendre le voile.
Clara , contre l'attente du directeur , ac-
cueillit ce conseil avec douleur et confusion ; elle rougit, baissa les yeux et garda
le silence. — Qu'est-ce mon enfant ? lui
dit avec douceur le vieillard étonné ;
d'où vient que nous avons cessé de nous
entendre au premier mot ? Si quelque
chagrin pèse sur votre cœur , n'en accusez que votre négligence à remplir un
devoir qui vous semblait si doux , il y a
peu de temps encore. Voilà plusieurs
semaines que vous n'êtes venue déposer
dans le sein du père le plus indulgent le

fardeau de vos fautes. Ce soir, j'occupe-
rai mon confessional depuis cinq heures
jusqu'à sept dans l'église de notre couvent. Elle rougit de nouveau en recevant
cet avertissement; mais elle n'hésita pas
à se conformer à l'ordre qu'il renfermait,
et à six heures précises, elle entra dans
l'église des Augustins avec sa bonne Marina, toutes deux voilées de manière à
n'être pas reconnues.

Le confessionnal du père Policarpo
leur parut solitaire au premier coup-
d'œil, mais en approchant davantage,
elles virent un pénitent agenouillé du côté
opposé à celui vers lequel Clara se dirigeait. Elle retourna donc se placer à côté
de sa nourrice, qui s'était mise en prières à
quelque distance pour ne pas entendre sa
confession. Celle que le religieux écoutait en cet instant absorbait toute son
attention.

— Quoi ! mon fils, si jeune et déjà
livré tout entier à l'empire des passions !
Vous sortez à peine de l'enfance ?

— J'ai dix - sept ans, mon père.

— Vous n'êtes donc point retenu par la crainte d'affliger un père ?

— Je ne l'ai jamais connu. — Mais une mère, une famille respectable?

— Je n'en ai point. — La crainte de Dieu ? — Je n'ai pas cru l'offenser, mon père, et j'agissais sincèrement.

— Vous ne pouviez prendre sérieusement à votre âge l'engagement de vous marier. Vous dépendez au moins d'un tuteur ?

— Non, mon père, un grand seigneur a pris soin de mon enfance, et m'a fait élever à grands frais ; on m'a donné des talens qu'on applaudit, et des maîtres de toutes les sciences ; mais je n'ai jamais reçu de mon protecteur un conseil salutaire, une règle de conduite, un sourire caressant. Si je n'ai pas fait plus de fautes, je ne dois ce bonheur qu'à la protection du ciel.

— Mais cet engagement clandestin blessait du moins les droits des parens de cette personne qui partage votre faute?

— Elle est étrangère, orpheline, et sous la garde d'une nourrice qui lui tient lieu de mère. Elle est aussi libre que moi, et c'est surtout cette conformité de nos destinées qui a rapproché nos cœurs et formé ces liens qu'il faut rompre aujourd'hui, ces liens que toute ma force ne suffit pas à briser, si vous refusez de m'aider de la vôtre.

— Si votre âme est touchée d'un véritable repentir je vous prêterai mon secours pour déraciner cette passion insensée, mais j'ai lieu de craindre que vous ne cédiez qu'aux mouvemens d'un frivole dépit.

— Non, mon père, non, c'est le désespoir de sa perte qui m'amène à vos pieds, c'est la résolution qu'elle a prise aujourd'hui même de quitter le monde et de s'ensevelir dans un cloître. Elle m'écrit que son confesseur lui a fait voir ce matin sa position sous un jour tout nouveau ; et qu'il est à présent d'accord avec

sa nourrice pour la presser de se faire
religieuse. Dans la douleur que me fit
éprouver cette lettre, je courais chez elle
me jeter à ses pieds, pour obtenir qu'elle
m'apprît la cause d'une si funeste résolution : Gardez-vous en bien, me dit
Marina, en m'entraînant sous les galeries
obscures d'un palais voisin, contenez-
vous, et n'allez pas la perdre en vous
perdant vous même ; allez, continua-t-
elle, allez au couvent des Augustins,
demandez le père Policarpo, c'est un
saint homme, il vous donnera de bons
avis, lui seul peut dans cette occasion
vous enseigner ce qu'il convient de faire.
Je suis venu sans perdre un seul instant,
mon père ; je vous ai demandé dans tout
le couvent; on m'a dit que vous occupiez
votre confessionnal, me voici maintenant prosterné devant vous, poursuivit le
jeune homme en sanglottant, conseillez-
moi, au nom du ciel ! prenez pitié de ma
peine, et dites-moi quel parti je dois
suivre.

Le père Policarpo resta quelques momens pensif, et le pénitent attendait en
silence qu'il voulût bien répondre : mon
enfant, lui dit-il, je ne dois entendre ici
que l'aveu de vos fautes, et les formes
austères de ce tribunal sacré m'interdi-
sent l'espèce d'entretien où le désordre
de vos sens vient de nous entraîner ; je
ne vous renverrai pourtant pas ce soir
sans consolation. Allez m'attendre dans
le jardin du monastère, où j'irai bientôt
vous rejoindre.

En même temps il poussa sur la grille
de droite du confessionnal un petit volet
qui le sépara du pénitent, et le bruit qu'il
fit en ouvrant celui de la gauche avertit
Clara de venir se placer de ce côté. Tandis que le confesseur fixait l'attention de
la jolie béate, en élevant à la hauteur de
sa tête une main prête à la bénir, et qu'à
genoux, les yeux baissés, elle attendait
l'ordre de réciter la première partie de sa
prière, le père Policarpo considérait
avec étonnement le jeune homme qu'il

venait d'entendre, et qui priait alors, les
regards attachés sur une image de la
Vierge placée au-dessus du confessionnal. Les derniers rayons du soleil cou-
chant, traversant les vitraux des bas côtés de l'église, jetaient une lumière écla-
tante sur cette belle figure. Le religieux
crut avoir la vision d'un ange ; les cheveux blonds et bouclés de l'adolescent se
séparaient avec grâce sur un front d'i-
voire ; ses grands yeux bleus avaient une
expression de mélancolie qui attendris-
sait le cœur ; le visage était un peu long
et le teint légèrement animé. Quand il se
releva, Policarpo admira la noblesse et
l'élégance de sa taille. Ces remarques
rapides ajoutèrent encore à l'inquiétude
que lui venaient d'inspirer les aveux qu'il
avait entendus ; et résolu de pénétrer jusqu'au fond de ce mystère, avant d'écouter ceux de Clara, il lui prescrivit de continuer quelques momens encore ses prières en attendant qu'il vînt reprendre sa
place auprès d'elle.

Policarpo se hâta d'aller rejoindre au jardin le beau pénitent.

— « Mon fils, lui dit-il en l'abordant, je puis entendre ici la confidence de vos sentimens, sans manquer à la rigueur de mes devoirs. Il est même important pour vous de m'ouvrir votre cœur sans réserve, puisque vous attendez de mes faibles lumières un conseil salutaire. J'ai surtout besoin de savoir dans quels termes la jeune personne vous parle de sa vocation pour la vie religieuse, afin de juger à quel point vous seriez coupable en vous efforçant de la détourner de ce pieux dessein. Vous m'avez entretenu d'une lettre, vous en rappelez-vous bien les expressions » ?

— Oh mon père ! la voici, elle ne me quittera jamais. Tenez, lisez avec moi :
« Angelo, je vous le dis encore, il n'y a
« que Dieu seul que j'aime plus que vous,
« et ce n'est qu'à lui que je vous sacrifie.
« D'après ce que je viens d'apprendre, je
« dois céder aux vœux réunis de ma nour-

« rice et de mon confesseur, et ce qui me
« décide surtout c'est la certitude que
« j'attirerais sur vous les plus cruelles
« persécutions, si je souffrais que vous fis-
« siez quelques efforts pour réaliser nos
« projets. Mais puisqu'il faut que nous
« vivions séparés, imitez-moi du moins;
« entrez en religion, que nos destinées
« soient semblables jusqu'à la fin. Quant
« à moi, Angelo, je sens que je mourrais
« de douleur dans mon couvent, si la
« nouvelle de votre changement y péné-
« trait, et je ne répondrais pas du salut
« de mon âme, s'il fallait que j'apprisse
« à mes derniers momens que vous êtes
« à une autre. » — C'est assez, dit Policarpo d'un ton sévère.

—Ah ! qu'elle cesse de craindre une
semblable infidélité; non, mon père, non;
je mourrai de douleur avant de l'oublier;
et rien, rien ne pourra jamais effacer son
image de mon cœur. Mais qui le calmera
ce cœur infortuné, si Clara doit entrer
dans un couvent, s'il faut renoncer à la

voir? la prière et le jeûne suffiront-ils
pour adoucir ma blessure? Ah! s'il pouvait se trouver des reliques qui eussent
la vertu d'opérer ce miracle, indiquez-les-
moi, mon père; fussent-elles à mille
lieues, je fais le vœu d'y aller à pied en
demandant l'aumône.

— Mon fils, le repentir seul a ce pourvoir, répondit le religieux, mais j'ai peine
à croire que cette jeune fille ait conçu
pour vous tant d'amour, sans que vous
ayez employé pour la séduire quelques
moyens coupables. Où vous êtes-vous
rencontrés pour la première fois?

— Au concert, chez un cardinal qui la
protège, elle devait y chanter avec son
maître, qui est aussi le mien, et qui voulut nous faire entendre ensemble. Les paroles exprimaient l'amour le plus tendre,
et quand nos yeux se rencontrèrent....

— Il suffit, mon enfant, de répondre
quelques mots à mes questions. Quelle
fut la suite de cette entrevue? — Je la
suivis partout, à l'église, à la prome-

nade, et je m'aperçus qu'elle remarquait mon assiduité. — En parut-elle offensée d'abord ? — Non, mon père, et notre maître m'apprit qu'elle s'était informée de moi. — Il lui dit sans doute que vous étiez sans fortune et sans famille ? — Il le lui dit, et depuis ce moment les regards de la jeune fille exprimaient plus d'intérêt pour moi. C'est alors que je m'enhardis à lui écrire, et je lui remis ma lettre dans l'église de Sainte-Marie-Majeure, pendant le saint sacrifice, au moment où tout le peuple était prosterné. — Elle la reçut avec indignation ? — Point du tout, et le lendemain, elle me donna la réponse de la même manière. — Voilà un grand égarement !

—Elle m'apprenait dans cette lettre tout ce que je vous ai conté de son histoire ; elle ajoutait que nos malheurs communs devaient nous réunir, mais qu'elle ne consentirait à recevoir encore mes lettres, que si je lui jurais de m'engager à elle par les saints nœuds du mariage. Elle

me prescrivait, si j'acceptais cette condition, d'étendre la main vers l'autel au
moment où le prêtre présentait la sainte
victime à l'adoration des fidèles, et de
jurer que je ne serais jamais qu'à elle. Je
prêtai ce serment, qu'elle fit en même
temps que moi.

— Profanation très-coupable, mur-
mura Policarpo, mais continuez :

— Nous nous rencontrâmes le soir
même chez le cardinal. J'eus la témérité
de lui serrer la main, elle la retira fort
courroucée, et je n'obtins aucun regard
d'elle pendant plusieurs jours. Elle refusait même de recevoir mes lettres, qu'elle
me rejetait au moment où je les lui don-
nais; mais enfin, touchée de ma douleur
et de mes larmes, elle consentit à prendre mes billets et à me répondre, en
me menaçant de rompre tout commerce
avec moi, si je m'écartais encore du respect que tout homme d'honneur doit
avoir pour celle qu'il regarde comme sa
femme.

— Mais, demanda Policarpo, comment êtes-vous parvenu à mettre sa nourrice dans vos intérêts ? — Jamais je ne lui avais parlé, avant le moment où mon désespoir me donna le courage de l'aborder aujourd'hui, quand j'eus reçu la lettre fatale que je vous ai montrée.

— Mon enfant, dit Policarpo, après un moment de silence, j'ai besoin de méditer sur tout ce que vous venez de me confier. Trouvez-vous demain dans l'église de notre couvent à cinq heures du matin; après la messe que je dirai à l'autel de la vierge, vous me suivrez dans ma cellule où je vous ferai part de mes réflexions. Le récit d'Angelo avait fortement intéressé le bon religieux; il retourna lentement à l'église, où Clara l'attendait, priant dans le confessional, tandis que Marina récitait dévotement son rosaire à quelques pas de là. Policarpo prêta la plus grande attention aux paroles de la jeune fille, afin de juger à quel point la passion dont il venait d'être

instruit exerçait déjà d'empire sur son
âme. L'attente du vieillard ne fut point
remplie. Clara se borna au détail ingénu
de quelques légères infractions aux moins
rigoureux des commandemens de l'église.

— Ma fille, dit le père, on n'est pas
coupable seulement pour négliger d'accomplir la loi de Dieu. C'est encore une
grande faute d'accorder dans son cœur, à
la créature, une place qui n'est due qu'au
seul créateur. Je vous ai conseillé de venir dans sa maison chercher un refuge
contre des maux trop réels, que j'ai vus
prêts à fondre sur vous; ne craignez-
vous pas de commettre un sacrilége, en
lui apportant l'offrande d'un cœur avili
par une passion terrestre? Parlez sincèrement, le vôtre est-il tout-à-fait exempt
de cette tache? — Non, mon père, mais
si ces sentimens sont coupables, vos
prières et la pénitence ne peuvent-ils pas
en délivrer mon âme? — Et comment ce
poison y a-t-il pénétré? — Par les yeux,
mon père, car je vous assure qu'il ne

m'a jamais parlé, et que je ne lui ai pas
encore dit une parole. Mais à peine
m'eut-il regardée que je sentis un trouble
inconnu jusques là. Je frissonnai, puis je
me sentis brûlante, et quand je cessai de
le voir, je me mis à fondre en larmes.
Depuis ce moment son image m'est toujours présente. Il occupe mes rêves pendant le sommeil, et le jour je ne pense
qu'à lui. Je ne vais plus à l'église que
dans l'espoir de l'y rencontrer, et la pro-
menade ne me plaît que parce que je suis
assurée qu'il sera là. Il me semble que la
terre n'a point de félicités plus douces
que celle dont je jouirais, s'il m'était permis de m'entretenir avec lui librement,
s'il me disait qu'il m'aime, et s'il pressait
mes mains dans les siennes. C'est à vous,
mon père, de juger s'il se trouve dans
tout cela quelque péché que j'ignore;
mais je ne m'abandonne à la pensée de
tous ces plaisirs, que depuis qu'il m'a juré
par écrit qu'il sera mon mari. Je sens
cependant que j'eusse été plus contente

de moi si je vous avais plus tôt avoué tout
ce que j'éprouve. — D'autres ont obtenu
de vous plus de confiance... — Non, mon
père, Marina même ignore ce que je
viens de vous révéler. Je lui ai dit seulement que ce jeune homme me recherche
pour le mariage.

— Infortunée ! pour le mariage ! dit
Policarpo en s'animant un peu, mais
sans élever la voix, où donc est le père
qui vous amènerait cet époux à l'autel ?
Qui poserait la couronne virginale sur
votre tête ? Quels parens béniraient vos
liens ; où sont les amis qui se réjouiraient
aux noces de l'orpheline et de l'enfant
abandonné ? Sur quel asile aviez-vous
compté, qui vous eût protégé, dites-moi ;
qui devait pourvoir à vos besoins ?

— Mon père, d'où savez-vous ?.... Je
n'ai dit à personne au monde.... — Je
suis instruit de tout ce qui s'est passé,
mais pour l'avenir quels étaient vos projets ? — Nos projets ? répondit Clara,
avec un peu de confusion, nous avons

l'un et l'autre des talens qu'on recherche
et qu'on paie généreusement... plutôt
que de recourir à la pitié de nos amis,
nous étions décidés à monter sur le théâtre..... — Jésus! dit le religieux; une
chrétienne, une fille noble, une Espagnole, une Aragonnaise! n'en doutez
plus, c'est l'éternel ennemi du genre hu-
main qui vous avait inspiré ces pensées.
Quittez ce tribunal, mon enfant, laissez-
moi seul allez prier; je vais me recueillir et implorer le ciel pour vous. Reve-
nez demain à la même heure, je ne puis
vous absoudre aujourd'hui.

FIN DU SECOND VOLUME.

TABLE DES CHAPITRES

CONTENUS DANS CE VOLUME.

><0><

FIN DE LA TABLE DU PREMIER VOLUME.